妹が女騎士学園に入学したら
なぜか救国の英雄になりました。
ぼくが。

After my sister enrolling in
Girl Knights School, I become a HERO.

妹
女騎士
ツインテール ×
スズハ

申し訳ありません！
わたしは兄さんの妹でありながら
最強の兄さんの名前を汚してしまいました！

公爵令嬢
女騎士
生徒会長
ユズリハ

ふにゃ……？
ここは天国か？

一人称はボク
魔法使い
王女
トーコ

じゃあボクのことは
今後もトーコって呼ぶこと
殿下も様も禁止ね。絶対だよ？

Contents

妹が女騎士学園に入学したらなぜか救国の英雄になりました。ぼくが。

After my sister enrolling in Girl Knights'School, I become a HERO.

妹が女騎士学園に入学したらなぜか救国の英雄になりました。ぼくが。

ラマンおいどん

ファンタジア文庫

3241

口絵・本文イラスト　なたーしゃ

妹が女騎士学園に入学したらなぜか救国の英雄になりました。ぼくが。

僕

After my sister
enrolling in
Girl Knights' School,
I become a HERO.

author.
ラマンおいどん
ill. なたーしゃ

1章　妹は王立最強騎士女学園一年生

1

今日の晩ごはんは笊蕎麦《ざるそば》か、それとも焼き魚もいいなあと迷っていると、妹のスズハが泣きべそで帰ってきた。

「兄さん、兄さんっ！　うわあぁぁん！」

「なに、どうしたの？」

ぼくの胸に顔を埋《うず》めてくるスズハに話を聞く。

するとなんでも、学校で上級生にタイマン勝負を挑んで、コテンパンに負けたのだとか。

「申し訳ありません！　わたしは兄さんの妹でありながら、最強の兄さんの名前を汚《けが》してしまいました！」

「いやいやいや⁉　ぼくは最強でもなんでもないし、名乗ったことだって一度もないし、そもそも一般人だからね？」

妹がこの春から通い始めた、王立最強騎士女学園。

この王国で最も人気が高く入学もまた難しいとされている、王国騎士を育成するための専門教育機関である。

その入試難易度は滅茶苦茶《めちゃくちゃ》高く、幼少の頃から専属家庭教師が付きっきりで鍛え上げた貴族令嬢ですら、まず不合格になるほどで。

ウチのような庶民の家からスズハが合格したことは、もうそれだけでとんでもない快挙なのだった。

「そりゃね、スズハはそれなりに強いよ？　けれど世の中は広いんだから、負けることもあるってば」

「ですが兄さん以外の相手に、負けるなどっ……！」

「スズハはこれから騎士になって、強い相手といっぱい戦うんでしょ？　だからその時に勝てるように、今日の負けを糧《かて》にしないとね？」

「……はい、兄さんの仰《おっしゃ》るとおりです。わたしはまだまだ未熟ですね」

スズハの目に力が戻る。

どうやら落ち着いたようだ。よかった。

「じゃあ、スズハが再戦したら今度は勝てるように、晩ごはんはカツ丼にしようか？」

「わあぃ」

いかにも体育会系女子らしく、スズハは肉とか揚げ物とかチーズ牛丼とかが大好物だ。少なくとも、蕎麦や焼き魚よりもずっと。

いつもこってりメニューばかりじゃアレだけど、今日はがっつりスズハの好物で慰めてあげようじゃないか。

台所に向かうぼくの背中に、スズハが声をかけてくる。

「そういえば兄さん。その再戦なのですが」

「うん」

「おそらくですが今週中か、遅くても来週中かと」

「それ、ずいぶん早くない？」

いくらスズハが通うのが騎士養成学校とはいえ、そう頻繁に特定の相手と殴り合うものなのだろうかと不思議に思っていると。

「その時の相手は、わたしではなく兄さんになると思いますので」

「……なんでぼくなのさ？」

「わたし、負けたのがあんまり悔しかったので、別れ際《わかぎわ》につい言ってしまったのですよ。

『わたしの兄さんは、わたしなんかよりもっとずっと強いんですよ』って」

「はあ……」

「そうしたら相手が、その言葉に大変食い付きまして」

「……イヤな予感がする」

「根掘り葉掘り聞いてきたので、兄さんのことを一から十まで教えてあげました。つまりわたしの兄さんがどれほど強くて、素敵で、男らしくて、そしてわたしのことをここまで鍛え上げてくれたかですね。そうしたら相手が大変興味を持ってしまって」

「…………」

「近いうちに家にお邪魔したい、と言われたので快諾しておきました。ふふっ、わざわざ兄さんに返り討ちに遭いに来るとは愚かな女ですね」

「……スズハ、今日の晩ごはん抜きね」

「なぜですっ⁉」

　結局のところ、育ち盛りの体育会系女子への晩ごはん抜きはあまりにも不憫《ふびん》だったため、夕食のメニューはカツ丼大盛から素うどん半人前へと変更された。

　スズハは大いに反省したようだ。

2

その日、夕食の材料を買いに家を出たところで、見知らぬ美少女に声を掛けられた。

「貴殿がスズハくんの兄上だろうか？」

「えっと、そういう貴女《あなた》は？」

「失礼、申し遅れた。わたしは王立最強騎士女学園の生徒会長を務めている、ユズリハ・サクラギという」

「お貴族様じゃないですか」

サクラギ家といえば、この国の伝統的な三大公爵家の一つだ。

その地位と権威は王族に次ぐという、まさに大貴族の中の大貴族。

この国の上級貴族は、直系以外に同じ名字を名乗ることを禁止している。

ゆえに名乗った名前が本当である限り、目の前にいる少女が正真正銘、パリンパリンの大貴族様であることに疑いはない。

「貴殿に話があって家まで伺ったのだが、今よろしいだろうか？」

「もちろんです。汚い家ですがどうぞ」

「とんでもない。失礼する」

踵《きびす》を返してユズリハさんを家に招き入れる。

お貴族様には決して逆らわない。

これこそ平民が穏便に生き抜くための、おばあちゃんの知恵なのだ。

「今お茶を淹《い》れますね」

「ああ、おかまいなく」

ユズリハさんはそう言ったが、ここで本当にお構いしないわけにもいかない。

家にあった中で一番上等《じょうとう》の茶葉で茶を淹れ、ありあわせの煎餅《せんべい》を出すとユズリハさんは一口齧《かじ》って顔をしかめた。思ったより堅かったようだ。

「それで、話というのは？」

「ああ。スズハくんに貴殿のことを聞いて、興味が湧いた」

「スズハにぼくのことを、ですか？」

「不思議そうにしているな、その様子だとスズハくんから話は聞いてないのだろうか？　では最初から説明しよう」

お話を伺って驚いた。

なんでもユズリハさん、スズハが以前タイマンで負けたとか言っていた相手だったのだ。

天下の王立最強騎士女学園の最上級生、それも成績トップがなるという生徒会長相手にタイマンすれば負けて当然である。

「ははあ。ウチの愚妹がとんだご迷惑を」

「いや、そういう話で来たんじゃない。元々ウチの学園内では貴族も平民も関係ないし、勝負もわたしの方から仕掛けたことだからね。生徒会役員候補として実力を見るために、新入生の入試成績トップとタイマン勝負するのは、我が校の伝統なんだよ」

「では、その件が問題で来たのではないと？」

「もちろんだとも」

それから聞いた話によると、なんでもユズリハさんとしては、妹のスズハと戦うことをとても楽しみにしていたのだという。

その理由は、スズハが入試の戦闘実技試験において、史上二人目となる『試験官である現役騎士を倒しての合格』なる快挙を成し遂げたから。

ちなみにその快挙、一人目は二年前の入試におけるユズリハさんなのだそう。

「——そして入学した後も、わたしは実技訓練でも定期試験でも、学内ではただの一度も負けたことがなくてね。いささか物足りなかったところに、自分と同じことをやってのけたスズハくんが現れて、これは久々に骨のある相手が現れたと大いに期待したものさ」

「そうでしたか。では、がっかりさせてしまいましたかね」

「とんでもない。わたしの想像するよりも、さらに上だった」

「へえ」

「間違いなく、二年前のわたしよりも強かったな。わたしも生徒会長の意地とプライドにかけてギリギリで勝ったが、正直どちらが勝ってもおかしくなかった。それほどまでに、スズハくんは本気で強かったんだ」

「ありがとうございます。他ならぬユズリハさんがそう言ってくれたと知れば、スズハもきっと喜ぶでしょう」

スズハは外面こそいいものの、基本的に他人にあまり興味が無い。

例外は相手が自分と同等、もしくはより強いと認めた相手だ。

たとえばぼくとかユズリハさんとか。

だからユズリハさんの言葉なら、スズハはきっと嬉《うれ》しいはずだ。

「しかもその後、もっと興味深いことが起こった」

あ、これってひょっとして。

「決着が付いた後、スズハくんが予想外のことを言い出してね——」

「本当に申し訳ございませんでしたっ‼」

ユズリハさんの言葉を遮るように、ぼくは滑り込むように土下座した。

一分の動きのムダもない、まさに川の流れのような土下座だった。

「その後に生意気を申したことは聞いております。本当にウチの愚妹は、貴族の方に対する礼儀というものを知らず――！」

「ああいや、謝らないでくれ。そんなことを咎《とが》めに来たんじゃない」

「……違うんですか？」

土下座の態勢から窺《うかが》うように顔を上げると、座っているユズリハさんのスカートの奥のパンツが見えた。ペパーミントグリーン。

そんなことはどうでもいい。

困り顔のユズリハさんが座るように言ったので、慌てて床に正座する。

「いやそうじゃないんだが……まあいいか。しかし本当に無礼だとかわたしが貴族だとか、そういうことは気にしないで欲しい。騎士女学園の校則でもちゃんと禁じられているし、わたし自身そういうのは好きじゃないんだ」

「そうですか……」

「だからこれから先のことは、わたしの立場に気兼ねなく事実を話して欲しいんだが――スズハくんの兄上は、スズハくんより強いと聞いたが本当だろうか？」

「えっと、まあいちおうは。兄ですので」

「あそこまでスズハくんを育て上げたのは、スズハくんの兄上だという話は？」

「それも本当ですね。とは言っても、自己流の戦い方を教えたくらいですけど」

「毎日、鍛錬後のスズハくんの身体《からだ》を念入りに揉《も》みほぐしているというのは？」

「まあ兄にできることなんて、それくらいですから」

「ふむ……」

ユズリハさんが顎に手をやって、何事か考えている。

ぼくの予想が正しければ、これはロクでもない話の流れになるパターンだ。

どうか外れてくれと心の中で願ってたのだけれど——

「とりあえずスズハくんの兄上、わたしと手合わせしてくれないか？　もちろん本気で」

悪い予想は的中した。

なにが悲しくて腕自慢のお貴族様、しかも女子学生と殴り合わなきゃならんのか。

＊

ユズリハさんの心遣いで、王都のすぐ外にある広大な森に場所を移した。

なんでもここはサクラギ公爵家の所有地で、どれだけ暴れてもお咎めはないとのことだ。

それ以前に、戦わない方向で配慮してくれないかなと内心思う。

そんなぼくの気持ちなど知らないユズリハさんは笑顔で、

「スズハくんの兄上に一つだけお願いがある。戦闘中、絶対に手加減をしないで欲しい、ということだ。もちろんわたしも全力でお相手しよう」

「あーい……」

「どうにもやる気がないな——あい分かった、キミが善戦したとわたしが判断したなら、公爵家から褒美《ほうび》を取らせよう。これで少しはやる気が出るだろう？」

「さあ始めましょうすぐ始めましょう今すぐかかってきてください！」

「現金すぎる……」

平民を舐《な》めないでいただきたいですわね。

いくらお貴族様のご命令で気が進まなくても、そこに褒賞《ほうしょう》があれば本気で殴りに行ける。それで晩ごはんのおかずが増えるなら万々歳だ。

「まあいい。キミの気が変わらないうちに始めるとしようか——なっ‼」

ユズリハさんが跳んだ。

凄《すさ》まじいスピードで近づいてくる。

スズハよりも明らかに速い。そのことが意外だった。

なぜならば。

「はえー。よう揺れとる……」

ユズリハさんは女騎士として理想的な、やや長身で鍛え抜かれた身体の持ち主だ。

ぼくみたいな素人《しろうと》でも分かる。

しかしその胸元だけは、大玉スイカ顔負けに発育した二つの乳房がぶら下がっていた。

妹のスズハも滅茶苦茶《めちゃくちゃ》大きいんだけど、それに匹敵するくらい大きい。

だから動きは緩慢だと思っていたのだ。

けれど今ユズリハさんは、胸元の重しなど関係ないとばかりの速度で突進してきていた。

押さえつけられているはずの乳肉が、引きちぎれんばかりに暴れまくっている。

「……あ」

そんなアホなことを考えていたら、目の前にユズリハさんの姿があった。

最初から手加減など考えていなかったに違いない。

固めた拳を振り抜く、全力のストレート。

ユズリハさんの必殺の一撃が、ぼくの顔面にめり込んだ。

3（ユズリハ視点）

ユズリハ・サクラギといえば、殺戮の戦女神《キリング・ゴッデス》などという渾名《あだな》で知られている超有名人で、味方からは勝利の女神として崇《あが》められ、敵からは死神同然に恐れられている存在だった。

そしてユズリハの女神のごとき圧倒的な美貌と、戦女神のごとき鬼のような戦闘力は、まさにそう渾名されるにふさわしかった。

ユズリハはサクラギ公爵家の直系長姫として十歳で初陣《ういじん》を飾って以来、ありとあらゆる戦場で暴れ回った。その後十五歳になってから王立最強騎士女学園に入学したときには、倒した敵兵の数はすでに十万を超えていたほどである。

王立最強騎士女学園の入学試験における戦闘実技考査方法は、選《え》りすぐりの上級騎士と一対一のタイマン勝負。それが開校以来数百年の伝統だ。

そこには、万が一にも試験官が倒されたら大恥だという意図が透けて見えた。

その伝統を、ユズリハは打ち破った。

上級騎士の試験官との一対一の勝負に勝ったのだ。

誰もが驚き、さすがユズリハだと褒《ほ》め称《たた》えた。

ユズリハは当然のように一年目から生徒会長に推挙され、その後の学園の定期試験でも連勝街道を驀進《ばくしん》した。

こんなものかと肩透かしを食らいつつ、それでもユズリハは鍛錬を止《や》めなかった。

そしてさらに成長した今では、自分は世界一強いんじゃないかと割と本気で思うようになっていた。

それなのに。

（きっ——効かない⁉　それどころか‼）

挨拶代わりの、本気の全力顔面パンチ。

城門をこのパンチ一発でぶっ壊したこともある、ユズリハの必殺ブロー。

でも、あのスズハが絶賛するスズハの兄なら、余裕で躱《かわ》すと思った。

なのに。

（まるで躱さないどころか、そのまま顔面で受けきって、ノーダメなんてっ……⁉）

勝負という意味では、この一撃ですでに決まっていた。

ユズリハの本能が無意識のうちに、自分の目の前にいる男子様には絶対にかなわないと全面降伏の白旗を揚げたのだ。

全身がガクガクと震える。

――それは自分より遥《はる》かな高みに位置する絶対的強者に初めて出会ってしまったことで、自分が弱者なのだと思い知らされた人間の本能。

ユズリハが対峙《たいじ》してきたおびただしい数の敵兵と、彼女の強さを目撃した味方に対して無意識に与え続けてきた、生存本能が打ち鳴らす根源的な恐怖を、ついにユズリハ自身が受け取る番になった。ただそれだけのこと。

同時にユズリハの魂の奥底に、それとは別の根源的な感情も刻み込まれる。

それは強い男と、それも自分より圧倒的に能力の勝る男とつがいになりたいのだと叫ぶ、女としての野生の本能だった――


しかもその状態で、スズハの兄はユズリハに、更なる追い打ちをかけてきた。

「えっと……もう終わりですか？」

「なっ――!?」

スズハの兄としては効果のないパンチ一発だけで攻撃を止めたユズリハに、これでもう気は済んだのかと確認を求めただけ。

正直、これだけで報償はもらえるのだろうか程度の気持ちだった。

しかしユズリハにとって、それは明確な挑発以外のなにものでもなかった。

お前はパンチ一発しか撃てない程度の腑抜《ふぬ》けなのか、そう詰《なじ》られた気がした。

もちろん純然たる誤解である。

「そっ、そんなわけ——あるかあッッッッッ‼」

ユズリハが狂ったように攻撃を繰り出す。

ハイキック、裏拳、フェイント、目潰し、関節技——

その一撃一撃が、ユズリハの今までの人生で最高に決まった、まさに会心の一撃。

極限の精神状態が、まさにユズリハの眠っていた全力を超えて引き摺《ず》り出されたかのような、魂の一撃の連続で。

けれど。

それらあらゆる攻撃は、ただの一撃も、スズハの兄には通用しなかった——

4

ユズリハさんがやって来て、ぼくを一方的にボコっていった日から数日後。

「スズハ、今日はハンバーグだよ」

「わあい。兄さんのハンバーグ、お肉の感触がしっかり残っていて大好きです」

「特製粗挽《あらび》きハンバーグだからね」

そんな我が家の夕食時、またもユズリハさんがやって来た。

しかも新キャラのおっさんを連れて。

「ユズリハさんこんばんは。えーと、そちらの男性は？」

「ワシはユズリハの父お——遠い親戚の者だ」

父親だ！　いま父親って言おうとした！

このいかにも大貴族って感じの中年男性は、ユズリハさんの父親に違いない。

てことはえーと、この国の三大公爵家の……？

「あー、ワシはユズリハの遠い親戚だが、かしこまった気遣いは無用だ」

慌ててジャンピング土下座を決めようとしたぼくを制して、そうユズリハさんの父親が言った。

「ワシのことは、そうだな……ただのアーサーとでも呼ぶといい」

アーサーって言えば、サクラギ公爵家現当主の名前じゃないか！

平民のぼくですら知ってるくらい有名だよ！

「ユズリハさん、これって一体どういう……？」

　ぼくがジト目で見るとユズリハさんが苦笑して、

「まあまあスズハくんの兄上？　そういうことだから、我々に気遣いは不要だ。わたしは貴族も平民も関係のない学生の身分だし、この父う——アーサー殿も気遣いは無用だと、まさに本人が言っているのだから」

「さいですか……」

　まあこっちとしても、その方がありがたい。

　ぼくだって無礼打ちは勘弁して欲しいからね。

　とはいえ大貴族の二人を前に、おもてなしをしないわけにもいかず。

「えーと、今から夕食でハンバーグだったんですが……お二人も食べます？」

「いただこう」

　即断だった。

　ていうか大貴族の当主サマだよね？　毒味とかしなくていいんだろーか？

「スズハくんの兄上、父う——アーサー殿のことは心配いらない。たとえ大貴族の当主といったって、戦場に赴けば毒味などという悠長なことはしていられないからな。だから、毒味なんて普段からやっていないんだ」

「ぼくの思考を読まんでください」

あと大貴族じゃなくて遠い親戚って設定、もう忘れているのはいかがなものか。

*

意外なことに我が家のハンバーグは大変好評だった。

公爵は「美味《うま》し！　美味し！」と叫びながら暴れ食いした上おかわりまで要求する始末、ユズリハさんも「わたしの父う――アーサー殿が申し訳ない」と頭を下げながら、自分のハンバーグもおかわりしていた。

そんなわけで、大量に用意していたはずのスズハ用おかわりハンバーグは綺麗《きれい》さっぱり無くなってしまった。

おかわりハンバーグがゼロになったスズハは涙目で二人を睨《にら》んでいたが、父親の公爵は完全無視、娘のユズリハさんは顔を背けてヘタな口笛を吹いていた。

ていうかスズハは大貴族を睨み付けるんじゃありません。

「ふう、久々に食った食った」

ご満悦で腹をポンポン叩《たた》いている公爵に用件を伺う。

「それで、今日はどのような件で我が家にいらしたんです？」

「うむ。それだがな」

思い出したように公爵がぼくに向き直って、

「ワシのむす――ユズリハを負かした男がいると聞いてな」

「……はい？」

「自慢じゃないがワシのむす――ユズリハはな、世界で一番強くて、世界で一番可愛《かわい》い。平民に嫁になぞやらん！」

「ちょちょ、ちょっと父上っ⁉」

「はあ、その通りですね」

ユズリハさんがとてつもなく強くて可愛いのは客観的事実だし、父親ならそう思うのは当然だろう。

あとユズリハさんが父親って認めたんだけど、もうツッコまないぞ。面倒だし。

「しかるにだ、その娘が手も足も出ずに負けた男がおるという。これは聞き捨てならんと、ワシはその男をこの目で見に来たというわけだ」

「……えっと？」

たしかに数日前、ぼくとユズリハさんは勝負？　らしきことをした。

というかぼくの視点だと、ユズリハさんが一方的にぼくをボコボコに殴りまくった。

そのうえ最後はユズリハさんが「うっ……うっ、うわあああんっっ‼」と泣きながら走り去るというオチがつき、ナニがなんだかよく分からないまま有耶無耶《うやむや》に終わった……というのが前回の結末だったはずだ。

「えっと……？　ぼくがただ、一方的にボコられていただけのような……？」

「はぁ、なにを言ってるんだか」

ぼくの正当な抗議に「やれやれ、まるで分かっちゃいない」とばかりにユズリハさんが肩をすくめた。

他人をボコボコにしておきながら、その態度はいかがなものか。

「いいかい、スズハくんの兄上？　わたしに本気で殴られて、ケガ一つしなかったなんて世界中でキミしかいないんだぞ？　だいたいわたしの全力パンチは、上級騎士だって軽く瞬殺できるんだからな」

「アンタ平民相手になんてことしてくれてるんですか⁉」

ユズリハさんの謎の攻撃力への自信はともかく、そこまで危ないと認識している攻撃を他人にするなと言いたいわけで。

ぼくの正当すぎる抗議にユズリハさんは慌てて、

「誤解しないで欲しい。スズハくんの兄上なら、絶対に平気だと思ったんだ。それに実際平気だったじゃないか？」

「そりゃ結果論でしょうが」

「結果は大事だぞ？　わたしはこれでも大貴族の一員だからな、常に結果を求められる」

どうだ可哀想《かわいそう》だろう、と胸を張るユズリハさんに気のない同意の返事をしておく。

論点がずらされた気もするけど、貴族相手にツッコミを入れる蛮勇などぼくには無い。

つい口から出ちゃったのはノーカンとして。

「えっと、結局のところどうすれば？」

ぼくが結論を訊《たず》ねると、ユズリハさんが心得ているとばかりに即答する。

「聞けばスズハくんの兄上は、現在もスズハくんに訓練を付けているそうじゃないか？　その様子を見せてもらえればと思ってね」

「……そんなのでいいんですか？」

「うん。二人の戦闘訓練を見れば、父上にもキミの強さはおおよそ伝わる」

ユズリハさんの言葉に、スズハが不思議そうに首を捻《ひね》った。

「ですが兄さんの強さを見たいというのなら、それこそユズリハさんと再戦するのが一番手っ取り早いのでは？」

「……わたしだって、父上の前でブザマに負けるのは勘弁願いたい。察してくれ」

「なるほどです」

スズハは納得したようだけれど、ぼくにはさっぱり分からない。

とはいえ大貴族の当主である父親の前で、その愛娘《まなむすめ》にボコられる趣味も無いので黙っておくけどね。

「じゃあスズハ、そういうことなら早速始めようか」

「……仕方ありません。兄さんと二人きりの訓練を邪魔されるのは心外ですが……」

「こら、お客様の前ではちゃんとしなくちゃ。──そうだね、スズハが頑張ったら明日は唐揚げフェスティバルを開催しようかな?」

「さあさあ兄さん、今日も張り切ってまいりましょう!」


──その後ぼくとスズハは訓練を始めて、ユズリハさんたちは食い入るようにその一部始終を眺めていた。

なかでもユズリハさんが滅茶苦茶《めちゃくちゃ》驚いていたのは訓練の最中もさることながら、訓練の前後にスズハが念入りに柔軟をして、全身の筋肉を揉《も》みほぐしている時だった。

こちとら庶民なので、ケガをしてもヒールの魔法ですぐに治せない。

なのでケガをしにくいように、きっちり柔軟しているだけなのだけれど。

あと、ぼくがスズハの筋肉を念入りに揉みほぐしてマッサージするシーンに至っては、ユズリハさんが真っ赤になってぼくたちに指を突きつけながら「はっ、ハレンチだっ！ハレンチ極まりないっ！」とか叫んでたけど、どういう意味かは分からなかった。

5（ユズリハ視点）

深夜のサクラギ公爵邸。

当主の書斎で、公爵とその娘が真剣な表情で向かい合っていた。

「さて。あの男、ユズリハはどう見る？」

「公爵家に取り込むべきです」

ユズリハはなんの迷いも無く断言した。

「絶対に、間違いなくかつ可能な限り早急に、我が公爵家に取り込むべきかと。もちろん妹のスズハくんもとんでもない傑物ですし、一緒に取り込めるなら万々歳ですが、まずはスズハくんの兄上を確実に取り込むことこそ肝要かと」

「最上級の評価だな」

「いいえ父上。最上級という評価すら生ぬるい——スズハくんの兄上を取り込めるかどうかで、我が公爵家の行く末は大きく明暗を分けると愚考します」

「どうしてそう思う」

ユズリハは興奮冷めやらぬ口調で、父親に思いの丈をぶつける。

「まず最初に驚いたのは、わたしですら勝利するのに苦労したスズハくんに対し、まるで赤子の手を捻るように圧倒していたことですね」

「……訓練だからではないのか？」

「スズハくんの目を、動きを見れば分かります。どうにかして自分の兄から一本取りたい、そんな本気が剝《む》き出しになっていました。そのスズハくんが相手にもならないのです」

「ふむ。ならばあの男、どれほど強い？」

「わたしが戦った感触だとスズハくんが現状、最低でも騎士団トップクラスに強いですね。そのスズハくんを軽く捻るのですから、スズハくんの兄上の強さは最低でも騎士団長以上。ヘタをすれば……この国で一番の強さかと」

しかもそれに加えて、とユズリハが続けて、

「それよりも一番の衝撃は、あの『柔軟体操』と『マッサージ』です」

「ほう？」

「わたしがスズハくんと戦って本気で驚いたのは、身体《からだ》の動きが凄《すさ》まじくしなやかでかつ可動域が圧倒的に広くて、にもかかわらず筋肉があたかも極限まで捻ったゴムのように、爆発的なパワーを秘めていることでした」

「その体質が、あの娘の強さの秘訣《ひけつ》か」

「わたしもそう思っていました。ですが――」

「なんだ？」

「……もしもあの超上質な筋肉が、スズハくんの兄上の柔軟体操やマッサージによって、人為的に生み出されていたとしたら……？」

「……！」

　公爵は絶句した。

　不世出の戦女神である自分の娘が絶賛する、スズハの恐ろしいまでに特上ランクの筋肉。

　それが、人の手で生み出されている可能性を示されたのだから。

「父上。正直に言って、わたしは今すぐスズハくんの兄上を我が邸《やしき》に拉致して、毎日毎日朝から晩まで訓練を付けて欲しくてたまりません。そして訓練の終わりに、スズハくんの兄上から何時間でも、極上マッサージで筋肉をほぐしまくってもらいたいのです」

　公爵も、あの男の施すマッサージは見ていた。

年頃の妹の腕や肩や脚はもちろん、尻やふとももの奥深くまで念入りに揉みしだいて、全身の状態を確かめ、まるで慈《いつく》しむようにじっくりしっとりマッサージをしていた。

平民の兄妹《きょうだい》がするならまあ構わない。

けれど大貴族の娘が、平民に施されるものとしては完全にアウトだ。

たとえ医療行為だと言い張っても、もしバレれば醜聞になるのは間違いない。

そんなことくらいユズリハだって理解しているはずだ。

だから公爵は諭す。

「ユズリハ、分かっているはずだ。そんなことは認められない」

「……はい……」

「そしてもう一つ」

公爵は厳かに宣言した。

「あの男を、今すぐ我が公爵家に取り込むことはできん」

公爵の言葉に、ユズリハは信じられないとばかりに噛《か》みついた。

「なっ――⁉」

「耄碌《もうろく》したのですか父上⁉　スズハくんの兄上の実力は、最近では戦場に出ない父上でも容易に感じ取れたはず！」

「落ち着けユズリハ」

「これが落ち着いていられますか！　もしも対応を誤ってスズハくんの兄上が他の貴族に
――いいえ、それならまだマシです！　敵対国などに取られることになってしまったら、この国は滅亡の危機にすら直面しかねないのですよ⁉」

「そんなことは承知している。いいからワシの話を聞け、ユズリハ」

静かに諭す公爵の威厳ある態度を見て、ユズリハはようやく落ち着きを取り戻した。

「し、失礼しました。ですが父上」

「あの男が傑物なのは認めよう。わが公爵家が絶対に取り込むべき存在だということも。だがそれは、極めて慎重に行わなければならん」

「それはなぜです？」

「お前の存在だ、ユズリハ」

「……へ？」

目をパチパチさせるユズリハに「分かっていないな」と公爵が首を振る。

「お前の戦場での多大な功績とそれによる存在感は、現在の我が国において極めて大きい。現に次代の王は現王家から出すのではなく、ユズリハが次期女王になるべきだと口にする貴族も一定数いるほどだ」

「そんな戯言《たわごと》をのたまう輩《やから》がいることは知っています。ですが、わたしにそんな気は一切ありませんので」

「ユズリハの意思が問題なのではない。問題は、それが実現可能なほどの知名度、血筋、能力を、お前が持ち合わせていることだ」

まったく、ウチが公爵家でなく、男爵家などの下級貴族ならばまだマシだったのだがな──などと公爵が続けて、

「現在、王家と我が公爵家は極めて危うい権力バランスの上で均衡を保っている。そこへ何の考えも無しに、お前と同等──もしくはそれ以上の戦力となるだろうあの男を、我が公爵家へ引き入れたらどうなる？　ついでにその妹までくっついてきたら？」

「バランスが崩れると……？」

「そうだ。我が国の貴族社会は真っ二つに割れ、次期王座を巡って間違いなく内戦になる。お前やあの男の意思など関係なしにな」

「そ、そそそれはダメですっ！」

王族を除く貴族階級の最上位であるサクラギ公爵家の初代当主は当時の国王の弟であり、その後もサクラギ公爵家は王族と連綿と婚姻関係を結んで、王家を補佐することを代々の使命として掲げてきた。

その教育は、ユズリハにもしっかり受け継がれている。

自分が原因で国が割れると聞いて、顔が青くなるのも当然だった。

「で、ですがそれでは……！　父上は、スズハくんの兄上を我が公爵家に取り込むことはできないと……？」

「そんな顔をするな。俯《うつむ》くな」

「……ですが……」

「もちろん、あの男は最終的に我が家がいただく」

「！」

ユズリハががばっと顔を上げる。

「だがそれには、入念な準備が必要だ。一歩間違えれば内戦になるからな」

「は、はいっ！」

「肝要なのは、我が家があの男を秘匿したと周囲に思わせないこと。そのために王族ともある程度交流をさせて、名前を貴族社会において最低限売り出すのがいい」

「ですが、それでは横取りされてしまうのでは……？」

「なんのための権力だ。我々からあの男を奪い取ろうとする愚か者など、潰してしまえばいいだろう」

「――承知しました。わたしとしては権力を笠《かさ》に着るのは嫌いですが、この件に関しては
そうも言ってられませんね」

そう言って頷《うなず》いた直後、ユズリハが再び暗い顔をする。

「ですが、スズハくんの兄上の能力なら王家も間違いなく欲しがると思いますが……？

とくにトーコは聡明《そうめい》です」

公爵令嬢のユズリハと第一王女のトーコは年齢が近いこともあり、いわば盟友の関係だ。

ユズリハは女騎士でトーコは魔導師という違いこそあるものの二人の共通点は多い。

飛び抜けて存在感のある、愛くるしい美貌。

世の男性の妄想を具現化したかのような、抜群すぎるスタイル。

たった一人で軍隊すら相手にできる、圧倒的戦闘力。

そして――次期国王候補である王子二人に疎《うと》んじられていること。

「あのトーコが指を咥《くわ》えて眺めているなどとは、とても想像できません。父上、いったい
どうすればいいでしょうか……？」

もちろんユズリハは、大親友のトーコと争うなど絶対にしたくない。

けれど貴族として、時には家のために私情を捨てなくてはいけない。

そんなユズリハの葛藤を知ってか知らずか、公爵は当然のように言い放った。

「もちろん王家を潰すわけにはいかん。だが今回に限り、王家には致命的な弱点がある」

「弱点ですか？」

「簡単なことだ」

「それは——？」

「分からんか」

公爵が顎に手をやった。

「王族は、王族もしくは上級貴族としか婚姻できん。過去にその例外はない」

その点公爵家には、長い歴史の中でわずか数件ながら、平民と婚姻した例がある。

この違いは非常に大きいと公爵は断じた。

なにしろ、最後の最後になれば。

詰みの一手が自分たちには打てて、王家には打てないのだから——

6

最近、スズハの帰宅が遅くなった。

王立最強騎士女学園の生徒会役員に就任したからだ。

なんでも一年生、しかも平民からの生徒会役員就任など前代未聞《ぜんだいみもん》の大事件なのだとか。

我が妹ながら誇らしい。

それはそれでいいのだけれど。

「ただいま帰りました、兄さん」

「お帰りスズハ。今日の晩ごはんはメザシと豚しゃぶと焼きちくわだよ」

「「わあぃ」」

スズハと一緒に歓声を上げたのはユズリハさん。

最近ユズリハさんは毎日のように学校帰り、スズハと一緒に我が家に来ている。

いやいや、公爵令嬢が庶民の我が家に入り浸っているなんて絶対おかしいですから――

とは思うけれど、お貴族様にそんなツッコミを入れられるはずもなく。

それに貴族云々《うんぬん》さえ抜きにすれば、スズハの友達が遊びに来るのは大歓迎だ。

「ユズリハさんも、よろしければ一緒にどうぞ」

「そうか？　では悪いが、ご相伴にあずかろうかな」

いやユズリハさん、スズハと一緒に「わあぃ」って言ってたじゃん。

「ていうかユズリハさん、メザシなんて食べたことあるんですか？」

「我が家では無いな。だがスズハくんの家のごはんはなんでも美味《おい》しい、いつも楽しみだ。

すまんな」
「いえいえ。毎日スズハがお世話になっていますからね」
さて、なんでユズリハさんが最近いつも我が家にやってくるのかという話なのだけれど、
二人の話を聞くとどうやらこんな流れみたいだ。
一、スズハが生徒会役員に就任して以来、生徒会長であるユズリハさんは毎日熱心に、
スズハに生徒会の仕事を指導してくれているらしい。
二、生徒会の仕事が終わると、これまたユズリハさんがスズハを実戦形式——いわゆる
本気の殴り合いで熱血指導してくれる。
三、そうしてボロボロに疲れ果てたスズハを、そのまま帰宅させては暴漢に襲われても
反撃できないから、という理屈でユズリハさんが家まで送り届けてくれるのだった。

……いや。前二つはともかく、最後の付き添いは不要だと思うけど。

スズハならどんなにボロボロの状態でも、暴漢とかそこらの一般兵に囲まれる程度なら
返り討ちにできると思う。

「いいかいスズハくんの兄上、家まで送り届けるのは絶対に、間違いなく必要なんだ」

「そうでしょうか?」

「当然だとも。スズハくんならいつもは手加減できる相手でも、ボロボロに疲れていては

ロクに手加減できないだろうからね」

「ああ……そっちですか……」

「襲ってきた暴漢をうっかり完膚なきまでにケチョンケチョンに叩《たた》き潰して、駆けつけた警備兵に事情を延々と聞かれるのはとても面倒なんだぞ？　ああそうさ、戦いなんかよりよほど面倒なんだ……」

遠い目をするユズリハさん。

どうやらイヤなことを思い出したようだ。

ていうか間違いなく経験者だよね？

＊

庶民丸出しの夕食であるメザシを、ユズリハさんは美味《うま》い美味いと言いながら平らげた。

なんならおかわりもした。

問題なのはその後で。

ぼくがスズハに施すマッサージを、ユズリハさんが食い入るように見つめてきたのだ。

「じーっ……」

「……あの……」

「じーっ……」

「……ユズリハさん……？」

正直そんなに見つめられると、やり辛《づら》くって仕方がない。

見栄《みば》えが悪いのは重々承知している。

なにしろインナーマッスルまで完璧に揉《も》みほぐすため、お尻の穴にまで指を突っ込んでいるように見えるのだ。正確にはちょっと違うのだけれど。

「……え、えっと……、なにか仰《おっしゃ》りたいことでも……？」

「そ、そんなことはない！ そんなことはないぞ！ わたしは全然、自分もスズハくんの兄上に、身体《からだ》の芯までマッサージして欲しいなんて、そんなことは一ミリたりとも思ってないからな!?」

「そ、そうですか……」

ならばそんなに、悔しそうな目で見つめないでいただきたいのですが。

実はユズリハさん、以前ぼくのマッサージを受けている。

その日、今日と同じようにぼくのスズハへのマッサージをあんまり熱心に見られたので、苦し紛れに「ユズリハさんも受けてみますか？」とか言ってしまったところ、食い気味に

「そ、そうかっ⁉　じゃあものは試しというし、一度試してみよう！　よろしく頼む！」

などと言われてしまったのだ。

けれど。

マッサージを終えた後、なんとなく不服というか不完全燃焼みたいな顔をしていたので、
ぼくのマッサージはお気に召さなかったはずだけれど——

「……………やはり違う」

「え？」

「スズハくんの兄上が、スズハくんにするマッサージと、わたしにしたマッサージとでは
全然違う。一体どういうことなんだ⁉」

「そりゃ当然ですよ。こんな身体の芯まで揉みほぐす際《きわ》どいマッサージを兄妹《きょうだい》でもない、
ましてや大貴族のユズリハさんにできるはずがないでしょう」

「そんなのずるい。貴族差別じゃないか」

なにを言ってるんだこの公爵家直系長姫様は。

「いやいやいや、もしもスズハと同じマッサージをして、お父様にバレたら無礼討ちじゃ
済まないですよ？　ぼくもスズハも打ち首獄門ですよ？」

「父上なら絶対に大丈夫だろう。それ以外でも、どんな罪にも一切問わないぞ。わたしの

全身全霊をかけて保証する」

「ていうかそれ以前に一般常識としてアウトです」

「なぜだ」

「嫁入り前の娘さんじゃないですか」

「もしも未来の夫との初夜前にキミがわたしの尻の穴を犯したとして、その程度の些細《ささい》なことを問題にするようなケツの穴の小さいヤツは、わたしを嫁にする度量に欠けている。そんな男はこちらからお断りだな。そ、それにだなっ。もし万が一わたしに嫁の行き手が無くなったら、キミに責任を取ってもらうという裏技もあるし……」

「冷静になってくださいよ。度量に欠けるもなにも、世間一般的にはユズリハさんの方が超アウトですからね？」

「くっ。ああ言えばこう言う」

なぜか悔しそうに歯噛《はが》みするユズリハさん。

どう収拾付ければいいのか分からずに困っていると、ぼくのマッサージが止まった手の下で、スズハが思いついたように言った。

「ひょっとしたらユズリハさんも、ただ強くなりたいだけなのかも知れませんね」

「――うん？」

「兄さんのマッサージは、確かにこの世界のどんなマッサージとも違う独自のものです。ならば求めるのは当然でしょう」

「ユズリハさんはあんなに強いのに？」

「どれだけ強くてもさらなる高みへと至る欲求は衰えないかと。兄さんもよくご存じではないですか」

「ふむ……」

そういうことなら、無下に断るのも気が引ける。

それにユズリハさん自身が、どんな罪にも絶対に問わないとまで言い切っているわけで。ならば——

「え、えっと。じゃあユズリハさん、一度やってみますか？」

「うむっ⁉」

「スズハにやっているのと同じで、身体の芯を、体内深くのインナーマッスルまで完璧にほぐすマッサージです。もちろん内容が内容ですし、万一バレればユズリハさんはお嫁に行けない可能性も十分ありますから、無理にとはいいませんが——」

ユズリハさんの反応は劇的だった。

今まで泣きそうなくらい悔しそうな顔だったのが瞬間、ぱあっと満面の笑みが浮かび、慌ててクールフェイスを装《よそお》ったのだ。

貴族は感情を表に出しては舐《な》められる、とでも思ったのかもしれない。

それでも唇の端がニヨニヨ動いてるのは止められてないけど。

とても大貴族の娘とは思えない。

「そそそうかっ⁉　いやそうかそうか、キミがそんなにマッサージしたいというならば仕方ないなっ！」

「いやぼくとしては、どちらかというと大反対で――」

「いやいやいやっ、それ以上は言わないでいいっ！　まあわたしも貴族の義務《ノブレス・オブリージュ》として、庶民のマッサージというものを知っておく必要があるし！」

「えええ――」

「ああキミ、わたしが貴族だから手心を加えようなんて絶対に考えるなよ？　スズハくんと全く同じ、手加減抜きの全身全霊のヤツをお願いする！」

「……まあいいですけどね」

その後すぐに服を脱ぎ捨てて、パンツ一枚の姿でベッドに横たわったユズリハさんに、ぼくはお望み通りの全力マッサージを施した。

ちなみにぼくのマッサージ、慣れるまでは結構痛いんだけど、言われたとおり遠慮せずぶちかましてやった。

その結果、ぼくが指圧するたびユズリハさんは陸に釣り上げられた魚みたいに、ビクンビクンと盛大に跳ねまくっていた。

ちなみに今日のユズリハさんの下着は黒だった。

それを見たスズハがやたらと感心した顔つきで「こ、これが、貴族令嬢のエロスを醸《かも》す上級下着なのですね……!」とか言っていたので、兄としては少し心配。

7

とある休みの日、ぼくとスズハはユズリハさんに呼び出された。

公爵家の仕立てた上等の馬車に乗ってやって来たのは、なんとサクラギ公爵邸。

驚くぼくの横でスズハはすまし顔だったので、どこに行くか知っていたのだろう。

だったら教えて欲しかった。心臓に悪い。

「やあ二人とも、いらっしゃい」

これは何事かと聞く暇もなしに、ぼくたちは広大な敷地《しきち》の奥へと案内される。

「スズハくんとその兄上、今日は来てくれてありがとう。——今日はスズハくんと二人で、スズハくんの兄上に一日がかりで指導を願いたいと思ってね？」

「指導ですか……？」

「そうだ。キミがいつもスズハくんにしている、戦闘のトレーニングや実戦訓練のことさ。もちろん柔軟体操やマッサージもね」

「はあ」

大貴族の考えることはよく分からん。

ぼくがスズハをトレーニングしたり、実戦訓練の相手をしたり、柔軟体操を指導したりマッサージしたりしているのは、ぶっちゃけ金のない庶民だからだ。

もしもぼくたちがユズリハさんのようなとまではいかなくても、貴族だったり平民でも金があるような環境だったら、絶対に専門の人間を雇っていただろう。

一体どういうつもりなのか。

「スズハくんの兄上は難しい顔をしているな。だが別に難しく考えなくてもいい、今日はそんな遊びに付き合ってほしいというだけなんだ。もちろん、一日分の指導料はキチンと支払いさせていただこう」

「いえ、素人《しろうと》のなんちゃって指導にお金なんて要求しませんけど」

「そう言わずに受け取ってくれ。では時間が惜しい、さっそく始めようじゃないか」

＊

ユズリハさんに連れられて来たのは、邸宅の離れに建つ訓練場だった。

室内に入ると、中心には直径三十メートルほどの魔法陣が光り輝いていた。

魔法に詳しくないぼくが見ても分かる、極めて精緻な魔法陣だ。

作るのに莫大《ばくだい》な金が掛かったのは間違いない。

「さて、この魔法陣は試合場でもある。つまり魔法陣の中で戦うわけだな」

「この魔法陣は、いったいどんな効果があるんですか？」

「この魔法陣には、魔法陣の中で死んだ生物を再生する力がある。つまり――」

「つまり？」

「たとえ戦闘訓練で何度死んでも生き返ることが可能だ。非常に便利なものさ」

「この魔法陣を使って戦闘訓練すると？」

「結局のところ、訓練での成長がどうしても実戦に劣る点は、死亡可能性の有無だから」

その理屈は良く分かる。

どれだけ訓練を積み重ねても、一つの実戦にどうしても敵《かな》わない部分。

それは実際に生命の危機を体験することで、能力の飛躍的な成長が促されることにある。爆発的成長、時には覚醒とまで呼ばれるほどの進化はいつだって、極めて深刻な生命の危機によって無理矢理引きずり出されたものだから。

「それは——すごく魅力的ですね」

「だろう？」

なるほど、ユズリハさんが強いはずだ。

生命の危機をわざと与えて爆発的に成長させる、なんて普通は絶対にできない。いくら強くなっても、そんなことを続けていれば、いつか本当に死ぬからだ。けれどあの魔法陣があれば、そのデメリットは解消される。

「スズハくんの兄上は良く分かっているね。——世の中にはいるんだよ、いくら死んでも生き返れるのなら意味が無いだろうと思う輩《やから》が」

「ああ、いるでしょうね」

「なら一度死んでみろと言いたい。人間の持つ生存本能は、それほど甘い物じゃないんだ。いくら頭で『生き返る』と分かっていても、本当に死ぬとなれば脳汁もドバドバ出るし、走馬灯もぐるんぐるん廻《まわ》る。おかげでわたしは幼少期の記憶がバッチリだ」

「さいですか」

走馬灯が何度となく繰り返されたおかげで、普通なら覚えていないような記憶も鮮明だ、と言いたいのだろう。

「ではスズハくんとその兄上。手加減抜きの訓練を始めようか――！」

最初はスズハとユズリハさんの訓練に、ぼくがたまに参加するようなものかと思った。

けれどすぐに訓練は実戦形式の、スズハとユズリハさん対ぼくの構造になる。

スズハとユズリハさんが二人がかりで、ぼくに襲いかかってくるのだ。

スズハは最初こそ躊躇《ちゅうちょ》していたけれど、すぐに慣れてぼくの急所をバンバン狙うようになっていた。というか本気で、一ミリの誤差も無く急所そのものしか狙ってこない。

ユズリハさんは言わずもがな。

とはいえユズリハさんの強さは、スズハよりも一回りか二回りほど強い程度だったので、ぼく相手ということでかなり手加減してくれているのだろう。

なんたってぼくは騎士でもなんでもない素人だしね。

「――兄さんっ！　どうして、わたしの攻撃が！　当たらないんですかあっ！」

「そりゃ当たったら死ぬからだけど」

いくら生き返るとは言っても、それでも死にたいはずもなく。

スズハの貫手《ぬきて》、回し蹴り、掌底や目潰し、時にはビンタ。

そのどれもがまともに喰《く》らったら死亡確実の、やベー攻撃である。

それら攻撃を躱《かわ》し続けて、避け切れないときは身体《からだ》を捻《ひね》って急所を外して処理していく。

一方のユズリハさんも同様。

ただしこちらは、更に攻撃が鋭くて何度か危ない場面もあった。

けれどなんとか回避できた。

この二人にコンビネーションを使われたら、本当に死んでいたかもしれないと思った。

いや別に生き返るんだけどさ。

8（公爵視点）

報告のために当主の書斎に訪れた娘を見て、公爵は思わず目を見張った。

「——その顔はどうしたユズリハ？　まるで自分がほとんど人類最強だと自惚《うぬぼ》れていたら、圧倒的な強者に手も足も出ず完敗し、自分がただのクソザコメスだったと分からせられて尊厳だのアイデンティティだのが粉々に破壊された結果、今にも泣きそうなのを我慢する小娘のようじゃないか？」

「父上……そこまで分かってるなら、そっとしておいてください……」

「図星か」

図星だった。

ユズリハはもちろん、スズハの兄の強さを舐めていたわけではない。

少なくともそのつもりだった。だが――

「まさか一撃も与えられないとは思いませんでした」

「一撃もか」

「はい……」

「あの男を殺すつもりで、あの男に殺されるつもりで、死ぬ気で戦った上でか」

「はい……」

「お前は昔からあの訓練方法に慣れている。それでもか」

「……申し訳、ありません……」

ユズリハの俯《うつむ》いた頭から、大粒の涙が何度も床に落ちた。

それほどまでに屈辱だった。

圧倒的な――大人と子供の差ほどもある、もしくはそれ以上の実力差だったのだ。

けれど。

「ですが……成果はありました」

「ふむ？」

「わたしは今日の訓練で、今まで想像だに不可能だった武の高み——いえ、暴力の極地を見ました。感じました。ならばわたしはこれから、もっともっと強くなれます」

「一つ疑問なのだが……あの男はなぜそんなに強いのだ？」

父親である公爵の質問に、ユズリハは涙で濡《ぬ》れた顔を拭って、

「正直に言ってわけが分かりません。それほどデタラメに強いのです」

「そうか」

「なので、わたしなりの推測でよろしければ」

「聞こう」

「スズハくんの兄上に話を聞いても、一般的な訓練以上のことはしていないようでした。

——ですが違うのはマッサージです」

「ふむ」

強さの秘訣《ひけつ》がマッサージだと真面目に言われても、普通なら一笑に付すところだ。

けれど公爵はユズリハから何度も報告を受けている。

恐らくはそれこそが、スズハがユズリハを——幾多の戦場で圧倒的な無双を続けた結果、殺戮の戦女神《キリング・ゴッデス》と渾名《あだな》されるユズリハをも驚嘆させる強さを得た、秘訣だろうということも。

「スズハくんに施している、あの極上すぎるマッサージですが、どうやら自身の身体にも施しているようです。しかも自分専用のもっと強力なものを毎日毎日、念入りに」

「それが強さの秘訣か？」

「恐らくはそうかと」

ユズリハが一度言葉を切って、

「スズハくんの兄上は天性の武術センスも超がつく一流ですが、それよりなにより筋肉が凄《すさ》まじいのです」

「見た目には普通に筋肉質の青年だったが」

「いいえ父上、見た目に騙《だま》されてはいけません。例えばわたしの筋肉も、柔軟性、密度、出力、強靱《きょうじん》さなど一般兵の軽く数十倍はあると自負していますが——スズハくんの兄上の筋肉はわたしすら遥《はる》かに上回る、超極上の肉質ではないかと」

「ほう？」

「それの違いはあたかも、世界トップブランドの品評会最優秀賞を受賞した超極上牛と、そこらの駄牛の違いのごとく——いえ、もっともっと差は広がっているでしょう」

「そんなことが……ありうるのか？」

「分かりません。ですか、それくらいしか思いつきませんでした」

「……そんなマッサージがもし本当に存在したら、まさに革命ではないか……！」

「そうですね。鍛錬や、兵士育成理論における革命です」

「それだけではないぞ。もしも最初にソレを手にしたならば、その勢力は文字通り世界を統一できるほどの戦力を得られるだろう――」

その後もいくつか言葉を交わした後、公爵は娘を退出させた。

静かになった書斎で、眉間に皺《しわ》を寄せながら考える。

「平民の小娘とその兄、か……」

いくら面と向かって厳しいことを言っても、公爵自身はユズリハの戦闘力を極めて高く評価している。

そのユズリハが、圧倒的に有利なシチュエーションでありながら手も足も出なかった。

それはただでさえ最上級だったスズハの兄の評価を、さらに上方修正する必要があるということだ。

「やはり婚姻か……しかし、ううむ……」

公爵から見ても、娘のユズリハは信じられないほど魅力的な美少女に成長した。

その美貌はまさしくエルフ顔負け。

スタイルも出るところは出て締まるところは締まっており、とくに胸元の成長ときたらサキュバスにすら圧勝するレベルの発育過剰ぶりだ。

ユズリハを嫁にやるから公爵家に入れ、と言われて飛びつかない男など想像できない。

けれど、アーサーは公爵家当主でありながら、一人の父親バカでもある。

自分が政略結婚を強いられた反動もあるのだろう。

娘には家のことなど関係なく、自由に恋愛してほしいという気持ちが強かった。

それ以前に生まれながらの大貴族である公爵としては、どうしても娘の結婚相手として、平民というのは引っかかるところではある。

なにしろ公爵が娘に内緒で作っていた結婚相手候補リストには、王族や他国の皇太子をはじめとした大貴族がズラリと並んでいるのだから。

「……まあ、いずれにせよ」

公爵がこめかみを揉《も》みながら呟《つぶや》いた。

「ワシの娘を泣かせた責任、存分に取ってもらおうか……ククク……」

公爵の娘はユズリハだけではない。

公爵家の所領に帰れば次女も三女もいるし、なんなら血縁にだって年頃の娘は大勢いる。

そのうちどれを嫁がせるかはともかくとして。

いずれにせよ、スズハの兄を公爵家に取り込むことは決定事項なのだから。

2章　王女とゴブリン退治と吸血鬼（死闘編）

1

ある日のこと、スズハが学園のテストを手伝って欲しいと言ってきた。

「試験勉強を教わりたいってこと？」

「いえ兄さん、そうではなく」

詳しい話を聞いてみると王立最強騎士女学園一年生の最初の中間考査はゴブリン退治で、数日かけてゴブリンの集落に遠征するのだという。

そこでぼくに、遠征のお手伝いを頼みたいとのことだった。

「なんでも予定の人員が欠けたらしく、ユズリハさんが直々に兄さんを指名してきました。まあ兄さんを名指しするあたり、さすがは生徒会長と言えましょうが――それで兄さんはどうします？　日当などはきちんと出すと言ってましたが」

「もちろん行くよ」

ぼくとしては否応《いやおう》もない。

なんたって、大貴族から名指しの召集令状である。

なにをするのかも知らないけれど、それでも応じるしかないのだ。

＊

試験初日。

スズハと一緒に学園の集合場所まで行ってみると、そこにはユズリハさんともう一人、見知らぬ顔の美少女がいた。

年齢はスズハやユズリハさんと同世代。

ユズリハさんと気安く喋《しゃべ》っているところを見ると、この子もきっと貴族なのだろう。

ぼくたちが近づくと、少女は屈託の無い笑顔で挨拶してきた。

「やあやあ。キミが噂《うわさ》のスズハ兄だね？」

「なんですかそのスズハ兄って」

「だってスズハの兄でしょ？　だからスズハ兄。ボクはトーコって言うんだよ、今後ともよろしくね？」

「こちらこそ」

貴族なんだろうけど、随分と気さくな態度だ。

それにトーコさんは名乗りこそしたが、爵位も家名も口にしていない。

つまりお互い貴族と平民ではなく、身分に縛られない人間関係を結びたいという意思の表れである。ならばその心遣い、有難《ありがた》く乗っておこう。

さすがに敬語は崩せないけれど。

「えっと、トーコさんはスズハと同じ新入生なんですか？　それともユズリハさんと同じクラスにいるとか？」

「どっちでもないよ、ボクは学園関係者だけど生徒じゃないからね。スズハ兄と一緒」

「ああ。お手伝い」

「そういうこと。ボクは魔法が専門なんだ、騎士なんてとてもとても」

「……ふん、よく言う……」

「うっさいなー。ユズリハは黙ってて」

なにか言いたげなユズリハさんの態度を見るに、このトーコさんとやら、ただの学園のお手伝いではなさそうだ。

着ているものも、いかにも魔導師っぽい感じ。

白いブラウスにリボンタイ、下はミニスカートにニーハイソックスという王立最強騎士女学園の制服を着た二人と違って、トーコさんは黒ずくめの服装だった。

黒い鍔広《つばひろ》の三角帽子に黒いブラウス、ガーターベルトに黒のロングブーツ。

黒いホットパンツからはパツパツのふとももが剝《む》き出し。

それに黒目とボブカットの黒髪で、なんなら魔導師用の杖《つえ》まで持っている。

「では、同じ手伝いということで、よろしくお願いします」

「うんうんスズハ兄。よろしくねー」

「実はぼく、お手伝いとは聞いてるんですが、どんな仕事をするのかまるで知らなくて」

「んー？　まあ別に、大したことはないから気にしなくていいんじゃないかな。その都度ボクも指示するし」

「助かります」

頭を下げるぼくに、トーコさんはうむうむと頷《うなず》いて、

「それじゃーまずは、ボクを肩車して運んでね」

「はい。……はい？」

「あのねえ。ボクは弱っちい魔導師なんだから、長時間歩いて移動なんて大変でしょ？　だからスズハ兄が運んでくれてもいいんじゃない？」

「……それはいいですけど、肩車の意味は？」

「しっかり周囲を見渡すには、ボクの背は低いからねー」

まあ別にいいけど。

トーコさんの今にもはち切れそうなほどムチムチした太ももの間に潜って、えいやっと立ち上がる。

「おー、高い高い！　よく見えるよ！」

子供のようにはしゃぐトーコさん。

万が一にも落とさないようにバランスを取っていると、背中をツンツンつつかれた。

「あの、兄さん……後でわたしも、いいでしょうか……？」

「ぼくはいいけど。でもスズハはスカートだから、パンツ丸見えになるよ？」

「うっ……！　兄さんにはしたない姿を見せるのは嫌です……でもでも、兄さんの肩車は魅力的すぎますしっ……！」

スズハが本気で悩み始めてしまった。

まあぼくがスズハを肩車しても、ぼくにはパンツ見えないんだけどね。

2

険しい山の中を、数十人の新入生と教官たちが歩いている。

けれど、ぼくたちはその中にいない。

なぜならば、ぼくたちの役割は『新入生たちの試験がキチンとできるよう、こっそりと陰から見守ること』だからだ——

「……しかし今年の新入生も、揃《そろ》いも揃って出来がよくないみたいだね？」

ぼくの肩に乗りっぱなしのトーコさんが、遠くに見える新入生たちを眺めながら苦言を呈すると。

「そう言うな。トーコはわたしやスズハくんを基準にするから悪いんだ、普通に新入生のお嬢ちゃんだと考えればあんなもんだ。スズハくんだってそう思うだろう？」

「あの、わたしもピチピチの新入生なんですが？」

「スズハくんが？　嘘《うそ》を言うな、もう既に敵国師団の三つや四つは壊滅させてきたような風格じゃないか。年齢を偽って入学した疑惑さえあるぞ？」

「兄さんこの人たち酷《ひど》いです。成敗してください」

「できないよそんなの⁉」

とはいえスズハも公爵令嬢であるユズリハさんと軽口が叩《たた》けるほどに仲が良くなって、平民の兄としては一安心だ。

貴族二人を相手に物怖《ものお》じしない我が妹、ちょっと凄《すご》い。

「——ところでトーコさん。ぼくずっと気になってたんですが」

「んー？　なんだいスズハ兄？」

「ぼくは部外者だからここでもいいんですけど、スズハはあの中に混じって学園の試験を受けなくていいのかと」

純粋に疑問である。

生徒会長にして公爵令嬢であるユズリハさんから直々に別行動を命じられている以上、試験欠席で赤点留年なんてことは無いはずだけど、それでも念のために確認しておきたいところだ。

ぼくの質問に、肩車されているトーコさんが苦笑した。

「そこは心配いらないよ。それにスズハに試験を受けさせた方が、よっぽどとんでもないことになるんだからね？」

「とんでもないこと……？」

「例えばさ。スズハが単身ゴブリンの巣に突入したとして、全滅させるまでにどれくらい時間がかかると思う？」

トーコさんの質問に、ぼくはううむと考えて。

「……そうですね、普通のゴブリンキングが頂点のゴブリンの集団で、百体程度なら十分。ですがもっと数が多くてオーガなんかも混じってたら、三十分以上はかかるでしょうね」

「うんうん、ボクもそれくらいだと思う。──それで、あの新入生たちがもし同じことをやったとしたら？」

首を捻《ひね》る。遠くから見てるだけだと、全然強そうに見えないんだよな……

「そうですね……一時間とか？　それとも二時間？」

「ぶっぶー。大外れだよ、スズハ兄」

「それじゃ何時間かかるって言うんです」

「何時間でもないよ、答えは全滅。ちなみに単独じゃなくて、教官のサポートを無くした新入生がみんなで突入しても全滅だねー」

「へ？」

思わず間抜けな声が出る。だって。

「それじゃあ女騎士どころか、一般兵と変わらないじゃないですか」

「まあ新入生なんて、普通はそんなものなんだよ」

「……そうなんですか？」

「そうだよ。だからスズハが混じって試験を受けたら、一人で全滅させちゃうから試験にならないでしょ？　なんでスズハは試験免除で、お手伝い要員をしてもらってるわけさ。ついでにスズハ兄もね」

「なるほど……」

「でもユズリハの名前が売れ過ぎちゃって、ウチの学園の試験を妨害しようとするバカが増えちゃってもう……あ、言ってる側《そば》からバカ発見」

トーコさんが遠くの右斜め先を薄く睨《にら》む。

どうやら問題を発見したようだ。

「山賊がおよそ二十人。間違いなく生徒たちを待ち伏せてるねー、ねえユズリハ？」

「どれどれ、ふむ…………よし。スズハくんの兄上、出番だぞ」

「は、はい！」

「キミはこれからちょちょいっと先回りして、山賊どもを殲滅《せんめつ》してきてくれ」

「ええええっ⁉」

「なんだ、できないのか？」

「まあそれくらいなら……できますけど」

これでも王都に出てくる前は、村を襲ってきた盗賊どもを返り討ちにしたこともある。

山賊が熟練兵とか騎士崩れでもない限り、ぼくもそれなりに戦える自信はあるのだ。

それに以前の戦闘訓練で、ユズリハさんはぼくの技量を知っている。

だからこそ、ここでぼくを指名したのだろう。

いきなり言われたときはびっくりしたけれど、考えてみれば納得だ。少なくともぼくが肩車要員として呼ばれたわけではないようで内心ホッとした。

「ではスズハくんの兄上、申し訳ないが山賊を頼んだ。わたしたちも一緒に向かいたいが、他にも生徒たちを襲う連中がいるかもしれないから」

「了解しました」

「もし少しでも危険を感じたら即座に逃げてきてくれ。生徒たちには気付かれないほうが好ましいな。山賊の生死は問わないが、できれば尋問できるように生かしておいてくれたほうが都合がいい。回収部隊は別にいるから、キミが尋問や戦利品回収などをする必要はない。なので全員戦闘不能にしたらすぐ戻ってきてくれ。質問は？」

「ありません」

「あ、あのっ！　わたしも兄さんと一緒に行っていいでしょうか！」

「構わないぞ。存分に兄上を護《まも》ってやりたまえ」

「はいっ！」

スズハが鼻息も荒く頷いた。滅茶苦茶《めちゃくちゃ》気合が入ってるのが分かる。

兄であるぼくの前で、成長した姿を実戦で見せたいのかもしれない。

「では行ってきます」

「ああ。気をつけて」

そうしてぼくは、スズハと一緒に山賊退治に出た。

＊

結論から言えば、もの凄く拍子抜けだった。

山賊たちがその後に出てきたのも含めて全員、みんなあまりにも弱すぎたからで。

「……兄さんならみんな纏《まと》めて、指一本で倒せるんじゃないでしょうか？」

「こらスズハ。戦ってる最中によそ見しない」

「すみません兄さん。でもこの人たち、装備だけは立派なんですよねえ……？」

そこはぼくも疑問だった。

しかも装備が上質ってだけならまだしも、その中にはミスリルでできていたり、細工がびっしり施されていたりする逸品もあって、山賊よりはどこぞの国の騎士という方がまだぴったりという充実ぶりなのだ。

どこかで拾ったのだろうけど、これを売れば一生楽に暮らせるだろうになぜ山賊なんかやっているのか疑問しかない――っと、

「スズハっ」

息を潜めて隙を狙い、今まさに岩陰からスズハの背中を斬りつけようとしていた山賊がぼくの視界に飛び込んだ。

一足飛びに接近して、思い切り男を蹴り飛ばす。

山賊の男はもの凄い勢いで空を飛び、一キロ先の向こうの山へと叩きつけられた――

「だめだよスズハ、油断しちゃ」

「に、兄さんっ！　ありがとうございます！」

「まあスズハならあのまま斬られても、大ケガはしないだろうけど」

ていうかスズハなら多分、直前で気づいて躱《かわ》していた可能性が高い。

それは分かっているのだけれど。

それでもつい手を出してしまうのが、兄というものなのだ。多分。

3（トーコ視点）

とある深夜、山の洞窟で二人の兄妹《きょうだい》が眠っていた。

リラックスした様子で仰向けに寝転がっている青年は、ピクリとも動かない。

そして青年の放り出した右手に抱きつくような格好で、少女が幸せそうな表情で寝息を立てていた。

恐ろしいほどに可愛《かわい》らしい美少女だった。

それでいて、まだ十代の半ばである少女の乳房は規格外に大きい。

少女はその過剰発育にもほどがある胸元を青年の腕へと擦りつけながら、小さく寝言を呟《つぶや》いていた——

「……兄さん、お鮨《すし》も天ぷらも飽きたんですか……？　仕方ありませんね、ではわたしが東方に伝わる伝説の料理……その名も女体盛りを……くふふふっ……」

そんな洞窟の外では、二人の少女が見張り番として立っていた。

言うまでもなくユズリハとトーコである。

「さて、トーコはスズハくんの兄上をどう見る？　欲しいだろう？」

ユズリハの直球すぎる質問に、トーコは大げさに肩をすくめた。

「欲しいに決まってるでしょ？　山賊とかなんとか言って退治させた奴《やつ》ら、あれみーんな、いろんな国の上級騎士どもじゃん。ユズリハを暗殺するために各国が送り込んだ精鋭ども、スズハ兄ったらまとめてぶち倒しちゃったんだから」

「しかもスズハくんの兄上が、まったく気付かなかったのが笑えるな」

「本人だけは最後までただの山賊だって信じてたからねー」

「スズハくんの兄上ほど強くなると、山賊も上級騎士も等しくザコというわけだろうな。ドラゴンの前ではネズミもネコも変わらないというやつか」

「そうなんだろうね。まあアレだよ、スズハ兄を取り込みたいと思わない貴族がいるなら、その一族は即刻滅亡すべきじゃないかな？」

「だがスズハくんの兄上は、我が公爵家のお手つきだ。どうだ悔しいだろう」

「まったく……今回ほど、ボクは自分の出自を嘆いたことは無かったよ」

「王女は平民と結婚できないからな」

トーコは現国王の長女、つまり直系王族ど真ん中である。

魔導師としての能力に優れており、しかもエルフ顔負けに美しい上スタイルも恐ろしく男好きするトーコは、それ故に二人の兄から疎《うと》んじられた。

そうして今は王立最強騎士女学園理事長という、名誉はあるが閑職に追いやられている。

少なくとも二人の兄はそう思っていた。

「……あのバカ兄どもなら、庶民なぞいらんとか寝言をぬかすかも知れないけどね－？」

「いくらなんでも、そこまで阿呆《あほう》ではあるまい」

「いやいやそんなことないって――なにしろ、今をときめくユズリハが生徒会長やってる王立最強騎士女学園の理事長ポストが、いまだに閑職だなんて固定観念で凝り固まってる大バカ者どもなんだからね？」

「まあ、あの王子二人がパーなのは否定しないが……」

トーコは改めて現在の状況を分析する。

自分とユズリハ、スズハ、そしてスズハ兄。

この単体でもチート級に強い四人が力を合わせれば、とてつもなく大きな軍事力となる。

つまりそれは。

諦めていたはずのトーコ女王誕生の可能性に、大きく近づいたということで。

「……でさ。ユズリハは、いったいどういうつもり？」

「どういうつもりとは？」

「とぼけたって無駄だよ。スズハはともかくとしても、スズハ兄をボクに紹介した理由を聞いてるんだよ。なにが欲しいのさ？」

気を許しあった幼馴染《おさななじ》みだからこその、貴族的でない物言い。

幼い頃、まだ武勲を立てる前のユズリハは変わり者の公爵令嬢として王族たちに受けが悪く、同じく不遇だったトーコとだけ遊んだものだった。

その頃からの友情は今も続いている。

「知れたこと。国を護るためだ、それが公爵家の存在意義だからな」

「……国を？」

「スズハくんとその兄上ほどの実力があったら、絶対に壮絶な奪い合いが起こるだろう。そして二人にはそれに対抗する権力など無い」

「待って、二人の後ろ盾は公爵家が全面的に立つんじゃないの？」

「もちろんそうだが、それはそれで問題だと父上に言われた。あの二人に加えて、さらにわたしがいるとなると――」

「いるとどうなるのよ？」

「王家を軽く超える過剰戦力、と捉えられかねん」

「……それはさすがに、ちょーっとばかり言いすぎじゃない？」

苦笑するトーコ。

けれどユズリハは真剣な表情のままで、

「今はまだそうかもしれんがな」

「今は、って……？」

「これから先、わたしとスズハくんは二人で、死の戦闘訓練を繰り返すことになるだろう。そこにはもちろんスズハくんの兄上がいて、的確な指導と極上のマッサージが毎回ついてくるわけだ。それをあと一年、もしくは三年、長くともあと五年も続ければ——」

「どこの誰が見ても文句なしに、たった三人で国を簡単に滅ぼす戦力になるってわけか。なるほどね……」

「だがそれは、わたしが望む未来とは違う」

トーコも頷《うなず》く。

現状や王子に不満があっても、根底には国を護ろうとする強い意志がある。

それが貴族というものだ、と二人は当然のように思っていた。

「……………なるほどね。だからスズハ兄を、ボクに紹介したってわけだ」

「理解できたか？」

「そりゃねえ。この国の貴族って、基本的にアホか強欲しかいないもん。もちろんボクやユズリハみたいな、ごく少数の例外を除いてね」

「そういうことだ」

トーコも言われてなるほどと納得する。

今ここにいる三人は、この国における劇薬だ。

用法用量を守って正しく使えば、この国はあと数百年は安泰だろう。

けれど使い方を一つ間違えれば、即座に国は崩壊する。

「ねえユズリハ。ボクはどう動くべきだと思う？」

「トーコが思うままに動けばいい。どこから見たってあの兄妹は善人なのだし、トーコは愚か者ではないからな。ただ、一つだけ約束しろ」

「なにをさ？」

「スズハくんの兄上を——あの二人を、絶対に舐《な》めるな」

そんなことしない、とトーコが反論しようとした途中で止まった。

ユズリハの表情が、今まで見たことがないほど真剣だったから。

「トーコが交渉に失敗して、スズハくんとその兄上に愛想《あいそ》を尽かされるのは別に構わない。その時には我が公爵家が総力を挙げてスズハくん兄妹を取り込むし、たとえわたし自身が女王になってでもこの国を続かせるさ。もちろんそれは望まない未来だが」

「……あのね、王女のボクの目の前で王家転覆の話をするのはどうかと思うよ？」

「必要なことだ。だからトーコが見捨てられる分にはまあ仕方ない。しかし、王女であるトーコが無礼な真似《まね》をして、あの二人が貴族やこの国そのものに愛想を尽かしてしまえば、彼らは国外に流出する可能性がある。そちらの方が極めてマズい」

「そ、そんなの絶対ダメだよっ⁉　あの二人に国を出て行かれて、もし敵国の軍隊にでも入られたら……！」

「そういうことだ」

ユズリハが観察するに、妹のスズハは兄の意向に全面的に乗っかるはずだ。

そして兄の方だが、どうやら貴族というものは基本的に横暴だと思っているフシがある。だからどうでもいい貴族、面識の無い貴族などから平民扱いを受ける程度ならおそらくセーフだろう。

ただし。

仲が良くなったと思っていた貴族が、自分たちという平民に対して手のひらを返したり、横暴な面を見せたら。

もしくは平民とみて、舐めた態度を取ったとしたら——

あの兄妹は、あっさり国ごと見捨てたっておかしくはない。

「うーっ……！」

トーコが髪の毛を掻《か》きむしっている。

それが子供の頃からの、本気で困ったときのクセだとユズリハは知っていた。

ユズリハとトーコは幼馴染みだ。お互いのクセはよく知っている。

「トーコはなにを困っているんだ？　自分が次代の女王になれる、空前絶後のチャンスがやって来たんだぞ？」

「そ、それはそうだけど、そうだけどっ！　ボクが一歩間違えたら国が崩壊なんてさあ、そんなのプレッシャー過ぎるよっ‼」

「まあ安心しろ。あの二人は能力こそ信じられないほどに超優秀だが妹はただのブラコン、兄貴は自分の能力の凄《すさ》まじさに微塵《みじん》も気付いていないニブチンだ。上手《うま》く扱おうとすれば危険な綱渡りだが、誠意を持って接していれば恐れることなどない」

「じゃあなんで、あんな脅すようなこと言ったのよう⁉」

「それだけ大事な忠告だからだ。必要なことだろう？」

「そ、それはそうかもだけど……ううっ……」

それからしばらく髪の毛を掻きむしっていたトーコだったが、やがて手を止めて深々と溜息《ためいき》を吐《つ》いた。

「……そっかー。ボク、近い将来女王になるのかー。そっかー」

「まだ決まったわけじゃないぞ」

「そんなこと言ったってさー。ユズリハだってそのつもりだからこそ、スズハ兄をボクに紹介したんでしょ？　まあ今の王族の中で、平民のスズハ兄を差別しなそうな人間なんてボクしかいないしねー」

「まあそういうことだ」

「他の貴族には、まだお披露目してないの？」

「ああ。大抵の貴族はバカか権力欲が過剰か、もしくはその両方だからな」

「でもそうでないのも少しはいるじゃん。公爵家の子飼いの貴族から選んで、スズハ兄を紹介すれば？」

「……それはそうなんだが、な……」

「あー、なるほどね……」

ユズリハらしくない歯切れの悪い態度に、なんとなく察してしまった。

ユズリハがスズハ兄を紹介すべきだと判断する、つまり聡明《そうめい》な相手であればあるほど、その貴族は縁故を結んででも取り込みたいと思うに違いない。それが貴族というものだ。

その中には平民であるスズハ兄を婿に、もしくは嫁をという話を切り出す聡《さと》い当主や、もしくは自分と結婚させろなどと言い出す娘だっているかもしれない。

なにしろスズハ兄は平民なのだから、そんな申し出も公爵家からスズハ兄を奪うような形には見られない。少なくとも貴族社会的には。

むしろ、公爵家のために優秀な平民を迎え入れたとして賞賛されるのが常なのだ。

けれど。

たとえ平民とはいえ、あれほどの能力を持ったスズハ兄を公爵家が自ら取り込みたいと思わないはずもないわけで――

「ふーん。つまりそういうことかー」

自分が最初に紹介されたのは、王族は庶民と結婚できないから。

そのことに気付いたトーコは、完全に腑《ふ》に落ちたのだった。

「りょーかい。まあなんにせよ、もう少し先の話だねえ」

「まあな」

トーコが女王になる道筋が見えたとしても、具体的に動き出すには下準備が必要だ。

それにスズハの兄のことも、もっとよく詳しく知る必要がある。

その能力や性格、思考回路や弱点なんかはもちろんのこと。

スズハの兄の過去や得意料理、行きつけの商店。

そんなところにも、相手を籠絡《ろうらく》するためのヒントはあるものだ。

そして、どんな女子が好みのタイプなのかも――

「動くのは早くても来年、再来年くらいかな？　ユズリハはどう思う？」

「そんなところだろう。急《せ》いては事をし損じる」

――二人ともその時は、少なくとも今年中は平穏な日々が続くと思っていた。

しかしその予想は結果として、完全に外れることになる。

その予想を覆《くつがえ》す最初の『とんでもない事件』が、わずか数日後に起きることを。

この時の二人は、まだ知らない。

4

結局、新入生たちが三日掛けてゴブリンの巣に辿《たど》り着くまでに、ぼくたちは十六回もの襲撃を受けた。もちろん全部盗賊の類いだ。

「それにしてもユズリハさん、山賊とか盗賊とか多すぎませんかね……？」

「気のせいだろう」

「しかもなんだか山賊や盗賊にしては、みんな立派な装備すぎる気もするんですよねえ。

トーコさんはどう思います？」

「あーアレだよ。今どきの盗賊ってのは、装備もちゃんとしてるもんなのだよ」

「そうなんですか？　でもそれにしちゃ、みんなやたら弱かったんですけどね……？」

ぼくがそう口にすると、ユズリハさんとトーコさんが残念な人を見るような、生暖かい眼差《まなざ》しを向けてきた。なんでさ。

とはいえ盗賊があまりにも出すぎなので、この国の治安はかなりヤバいと思いました。まる。

「何はともあれ、試験の方は無事——」

その瞬間、
空気が、変わった。

「…………」

「……スズハ兄？　いきなり黙って、どーしちゃったの？」

「どうかしたのだ、スズハくんの兄上？　顔色が真っ青だ、腹でも下したか？」

「え、スズハ兄ぽんぽん痛いの？」

ユズリハさんとトーコさんが声を掛けてくるけど、それどころじゃない。

ぼくの異変に気付いたスズハは、驚愕《きょうがく》に目を見開いている。

「……来ます……！」

「兄さん、それって——!?」

「みなさん、ぼくの後ろに！　今すぐ‼」

感づいたらしいスズハはもちろん、事情も分かっていないユズリハさんとトーコさんも、
素早く従ってくれた。

ぼくの背後にスズハたち三人が移動したところで——


そいつが姿を現した。


その外見は恐ろしく痩せた、この世のものとは思えないほど美しい少女。

白いワンピースに麦わら帽子なんて、夏のお嬢様みたいな格好をしている。

けれど決して騙《だま》されてはいけない。

その両眼は、血液よりもなお深い赫色《かくしょく》。

腰まで届くその長髪は、どんな雪よりもなお白い。

見た者全ての生命を刈り尽くす死神。

そいつの名前は――

「――彷徨える白髪吸血鬼《ホワイトヘアード・ヴァンパイア》――」


「なっ⁉」

「スズハ、ぼくが戦う。スズハは二人を護《まも》って」

「……はい、兄さん。どうかご無事で」

悲壮なスズハの返事を聞いて、フリーズしていた二人が再起動したらしい。

「ま、待てっ！ 彷徨える白髪吸血鬼《ホワイトヘアード・ヴァンパイア》というのはアレか、あの伝説の悪魔か⁉ 数年から数十年に一度、完全ランダムで世界のどこかに出現して、そこで目にしたものを皆殺しにするという、あの⁉」

「そうです」

「そ、それならボクたちだって戦うよ！ あの悪夢すぎるバケモノを相手に、スズハ兄が一人でなんて無茶すぎる！ コイツ一人で大国が滅んだ伝承だって、世界中にいくらでも残ってるんだよ⁉」

「だからこそですよ。――このバケモノと戦うとなれば、ぼくにも他人を護る余裕なんてありません」

二人がひゅっと息を呑《の》む音が聞こえた。

「なに、今度は上手くやってみせますよ――ぼくはもちろん、スズハもユズリハさんも、トーコさんだって絶対に殺させやしません。だから任せて」

もちろん本当はそんな自信は無い。

あまりにも恐ろしすぎて、今にも膝から崩れ落ちそうだ。

だれかが保証してくれるのならば、すがってでも何とかなるって保証してほしい。

――けれど。

ぼくの背中で、大切な妹が、仲の良い女の子が。

恐怖に震えて、それでも必死に耐えているのなら。

ぼくのなすべきことはただ一つ。

どんな虚勢を張ってでも、

たとえそれが偽りでも、

偉そうに胸を張れ。

みんなを安心させるんだ――！

「スズハ、後は任せた」

そう言い残して、ぼくは彷徨える白髪吸血鬼《ホワイトヘアード・ヴァンパイア》に向かって突進した。

5（ユズリハ視点）

ユズリハの目の前で、凄《すさ》まじい戦いが繰り広げられていた。

見た者全てに破滅をもたらす伝説の悪魔——彷徨える白髪吸血鬼《ホワイトヘアード・ヴァンパイア》と、スズハの兄の攻防。

国家最強の女騎士として、軍人として、今まで鍛えに鍛え抜いてきたユズリハですら、辛《かろ》うじて視認できるほどの戦いだった。

その勝負は恐らく互角——なのだろうけど、あまりにもハイレベルすぎてユズリハには正直分からない。

圧倒的すぎる両者の攻撃の応酬は、見ているだけで心底震えが止まらなかった。

「……でもスズハ兄、今度は上手《うま》くやると言っていたけど……？」

そう漏らしたトーコの言葉に、ユズリハも内心でハッとした。

あれは確かに謎だった。

けれど、スズハの一言ですぐに疑問は氷解した。

「……わたしと兄さんは、以前にも彷徨える白髪吸血鬼《ホワイトヘアード・ヴァンパイア》と遭遇したことがあります」

「はあっ⁉」

トーコが信じられないといった声を出す。

一方でユズリハのココロは半分はトーコに賛成、けれどもう半分は妙に納得していた。

そうでもなければ――

たかが人間が、あそこまで強くなれるはずがない。

「わたしたちの住んでいた村があの悪魔に襲われたのは、わたしがまだ五歳の時でした。その時の生存者はわたしと兄さんだけです」

「いやいやそんなのあり得ないよね⁉　彷徨える白髪吸血鬼《ホワイトヘアード・ヴァンパイア》に襲われて、生き延びられた人間がいるなんて聞いたことないし！　それに第一、数年から数十年に一度、この広い世界のどこかに現れるって言われてるあの悪魔と二度も遭遇するだなんて、そんなのもう天文学的な確率だよ⁉」

「けれどわたしたちは以前も、彷徨える白髪吸血鬼《ホワイトヘアード・ヴァンパイア》に遭遇しました。それは事実です」

「……マジなんだ……」

「――わたしたちの村が白髪吸血鬼に滅ぼされたあの日から、兄さんは狂ったように強くなろうとしました。最近はさすがに落ち着いてきましたが、それは今なお続いています」

――それはユズリハたちが、後から知った話。

その時にスズハが過去をペラペラ話したのは、自分の話に気を取らせて、スズハの兄の戦闘に割り込ませる余裕をなくさせるためだったこと。

本当はスズハだって、兄と並んで戦いたくてたまらなかったこと。

けれど兄と並んで戦ったとしても足手まといにしかならない自分の無力さに、それからしばらくの間、夜になるとスズハが号泣しながら、滝のように吐いたこと――

ドゴゴゴン‼

ズガガガガンッ‼

そんな、およそパンチやキックによるものとは思えない攻撃音が鳴り響いている。

今のスズハの兄上のパンチをまともに喰《く》らったら、ドラゴンだって一撃で即死だろうとユズリハは思った。

一方の彷徨える白髪吸血鬼《ホワイトヘアード・ヴァンパイア》は、そんな絶え間ない攻撃を躱《かわ》して、受け流して、ときには受け止めながら、隙を与えず生命力吸収魔法《エナジードレイン》を放ってくる。

こちらもまた、一発でもクリーンヒットすれば即死することは間違いない。

なにしろ流れ弾が当たった全長百メートル、直径二十メートルはあるであろう巨木が、一瞬にして干からびたのだから。

それにしても――

「わたしたちには、スズハくんの兄上を手助けすることすら、できないのかっ――！」

「そうです。ヘタに手助けしようとすれば兄さんの邪魔になりますから。そんなことは、妹のわたしが絶対に許しません」

「許さないとは？」

「たとえわたしが死んでも、兄さんの邪魔はさせないという意味です」

淡々と紡《つむ》ぐスズハの言葉で、逆にそれが本気なのだとユズリハには分かった。

結局わたしたちは見守るしかないのだ。

どちらが勝つとも知れない、互角で高度すぎる戦いに――

「ああっ⁉」

その時、天秤《てんびん》が傾いた。

彷徨える白髪吸血鬼《ホワイトヘアード・ヴァンパイア》の攻撃を受け損なったスズハの兄が、派手に吹っ飛んだのだ。

彷徨える白髪吸血鬼《ホワイトヘアード・ヴァンパイア》の唇の端がニヤリと上がった。

スズハの兄に決定的な一撃を加えようと、悪魔の手刀が振り下ろされ――‼

勝手にユズリハの身体《からだ》が動いていた。
意識すらせず、ごく自然に、
あたかもそこにあるのが当然のように、
ユズリハがまるで吸い込まれるように悪魔とスズハの兄の間へと滑り込んで、そのまま
身体を抱きしめるように覆い被《かぶ》さり……
ユズリハの身体は、悪魔の手刀に、背中から胸まで貫かれた。

6（ユズリハ視点）

夢を見た。

スズハくんの兄上が、わたしの唇を貪りながら、頑張って、死なないでと何度も何度も語りかけてくる夢。

今にも泣きそうな顔をしたスズハくんの兄上が、懸命にわたしのぽっかり空いた胸元に治癒魔法をかけ続けている夢。

彷徨える白髪吸血鬼《ホワイトヘアード・ヴァンパイア》と対決している時と同じくらい、いや、それ以上に真剣すぎる顔で

わたしの身体を男らしい手のひらでさすり続ける、そんな夢。

夢の中でわたしが大丈夫と繰り返しても、スズハくんの兄上には聞こえないようだった。

治癒魔法の効果を高めるためだろう、わたしの唇に繰り返しキスされる。

そういえばこれって、わたしのファーストキスだ。

そう気付いたけど、別にいいやと思い直した。

わたしは致命傷だ。間違いなく死ぬ。

それくらい、自分が一番分かってる。


小さい頃から、恋をするのは自分より強い人って決めていた。

わたしは公爵家の娘だ。結婚相手は父上が決めて、わたしの自由にはならない。

だから恋愛相手くらいは、わたしが自分で選びたかった。

その点スズハくんの兄上は強いし優しいし料理が上手いし、いざという時カッコいいし、
普段はいろいろ問題点も多いけれど、いざとなれば強くてカッコいい。

だからファーストキスを捧《ささ》げてもいいと思った。

ついでにそのまま押し倒してくれればなお有難《ありがた》い。

生涯エッチもしたことないまま死ぬのは御免だ。

けれどやっぱり女騎士たるもの、いつ死ぬのかも分からないんだから、金を払ってでもさっさと済ましておけばよかったな――

「――リハさん！　ユズリハさん！」

「……でも高級男娼《だんしょう》って相当お高いしな……ふにゃ……？」

「ユズリハさん！　よかった、意識が戻った――！」

両目から温かい涙を流して、ぎゅーっとわたしを優しく、でも力強く抱きしめてくれるスズハくんの兄上。

ここは天国か？

＊

「――いやいや、敵兵をあれだけ倒しまくったんだぞ？　わたしは絶対に地獄行きのはず……ならばこれは、一度幸せの絶頂まで持ち上げてから落とすという、新機軸の残酷拷問地獄に違いない……！」

「ねえユズリハさん？　言っておくけどここは天国でも地獄でもないですから、ていうか

ユズリハさんまだ生きてますからね？」

「は？」

なにを言っているのだスズハくんの兄上は、とユズリハは思った。

彷徨える白髪吸血鬼《ホワイトヘアード・ヴァンパイア》の手刀が貫通して、胴体に穴が空いたんだぞ。

生きているはずがないだろう。

ひょっとしてトーコのアホでもうつったのだろうか？

「……ボクをジト目で見つめるその眼差《まなざ》しだけで、ユズリハがとんでもなく失礼なことを考えてるのは丸わかりだけど、残念ながら本当だよ？」

「意味が分からん。なぜ死なないのだ？」

「ボクも本っ気でそう思うんだけどねえ……？」

「つまり兄さんはとても強くて優しくてしかもカッコいいだけでなく、なんと治癒魔法も使えるのです！　えへん！」

「……なにを言ってるんだ？　たとえそうだとしても、わたしの胸には間違いなく大穴が空いていたのだぞ？　並大抵の治癒魔法でどうにかなるものか」

スズハくんにまでトーコのアホがうつったのだろうか。

ユズリハが再び首をかしげると、トーコがアホの子を諭すような口調で言った。

「いやいやいや、信じられないのは分かるけど事実だから」

「は？」

「だから実際に、スズハ兄が、どう考えたって致命傷のユズリハを治療して見せたのさ。泣いて感謝するといいんじゃないかな？」

ユズリハがその言葉を飲み込むまでに時間がかかった。

わたしがまだ、生きているだと……？

「なあトーコ。わたしは死に際《ぎわ》の走馬灯でまで、トーコにからかわれているのか？」

「んなわけないでしょ！　いいかげん事実を認めなさいよ」

実感が湧かずに、手のひらを何度もグーパーさせてみた。背伸びもする。

なるほど。

どうやら本当に、生きているらしい。

「──スズハくんの兄上は、実は凄腕《すごうで》の治療術士だったりもするのか？」

「いえ、そういうわけじゃないんですけど……」

それから語られた話の内容によると、スズハの兄は自分の膨大な生命力だの魔力だのを変換して他人に譲渡する、独自の治療魔法が使えるということだった。

ただし完全に自己流かつ制御もロクに利《き》かず、例えば目の前で致命傷を受けたような、極々限られた状態でのみ使えるとのこと。

まさに今回、ドンピシャな状況だったわけだけど。

「あと、彷徨える白髪吸血鬼《ホワイトヘアード・ヴァンパイア》は……？」

「逃がしました」

悔しそうにスズハの兄の顔が歪《ゆが》む。

「そんな顔をするな。あの悪魔と対峙《たいじ》して生きている方がよほど奇蹟《きせき》だ」

「はい……」

「そうだ。新入生たちはどうした？」

「こちらの戦闘に気付いた段階で逃げたようですね。軽いケガ人が数名いるみたいですが、あの悪魔とは交戦していません」

「そうか。よかったな」

ユズリハが、それもこれもみんなスズハくんの兄上のおかげだと言おうとした時。

「それもこれも、みんなユズリハさんのおかげですね」

「……どうしてそうなるんだ？」

「ユズリハさんが命がけで、彷徨える白髪吸血鬼《ホワイトヘアード・ヴァンパイア》の注意を引いてくれたおかげでぼくらは、なんとかあの悪魔を追い払うことができたんです。当然でしょう？」

「それは違──いや、そうなのか、な……？」

「もちろんですよ。改めてありがとうございます、ユズリハさん！」

「……ああ……」

ユズリハの人生で、戦争で褒められた回数は数え切れない。

それらの賞賛は、もはや当たり前すぎて。

言われてもなんの感慨もわかないし、もう飽き飽きだと何年もずっと思っていた。

──けれど。

こんなにも死にかけた自分の無残な姿を、平民の男子に褒められることが。

こんなにも、飛び上がりたいほど嬉《うれ》しくて。

生まれて初めて、自分は本当に褒められたのだという気すらして。

「──そうか。わたしはずっと──」

その瞬間、ユズリハは唐突に理解した。

自分は、誰彼構わず褒められたいんじゃない。

どんなに偉い貴族や金持ちのイケメンに激賞されようと関係ない。

そんなことより。

自分の背中を預けられる、命がけで信頼できる──そんな自分の相棒に、ずっとずっと褒められたかったのだと。

ありがとうと、言われたかったのだと——

頭を撫《な》でられながら、たった一言。

「あとですね。ユズリハさんに、本当に申し訳ないことがもう一つ……」

「なんだろうか？」

「ユズリハさんの傷は治せたんですけれど、ぼくの力不足でユズリハさんの身体《からだ》に傷跡が残ってしまいました……」

そう言われてユズリハがメロンより大きな乳房をめくると、そこに悪魔の右手が貫いたであろう傷跡がはっきり残っていた。

トーコがユズリハの胸元をジロジロと眺めながら、

「んー、でもスズハ兄はあの時、ユズリハを治すのに精一杯だったんだから仕方ないよ。だってスズハ兄は本職の治療術士でもなんでもないんだから」

「うむ。トーコの言う通りだな」

「それに多分だけどさ、これくらいの痕なら王都に戻って本職の治療術士に見てもらえば、かなり綺麗《きれい》に治ると思うよ？」

「そうか。だがそれは困るな」

「は？　ユズリハ、それってどゆこと？」

「この傷はそのままがいい」

「なんでよ！　わけわかんないよ！」

ギャンギャンと叫ぶトーコを無視して、ユズリハが愛おしそうに胸に残る傷跡を撫でた。

――この傷は、わたしが相棒とともに死闘をくぐり抜けた勲章そのものだ。

それを捨てるなんてとんでもない。

3章　凱旋《がいせん》パーティー

1

なんだかんだ色々ありすぎた旅路から帰ってきて間もなく、ぼくはサクラギ公爵家から呼び出しを喰《く》らった。

アレか。

公爵令嬢をキズモノにした責任を取らされるとか、そういう展開が待っているのか。

ぼく一人の切腹くらいで済むといいなあ。

なんとしても、スズハに累が及ばないようにだけはしなくては――ッ！

そんな悲壮な覚悟で向かった公爵邸。もちろん一人。

スズハには、ぼくに何かあったらすぐ逃げるように伝えてある。

けれど公爵家に到着して起こったことは、想定の真逆で。

なんと当主であるユズリハさんの父親が自ら玄関まで出迎えたあげく、ぼくに深々と腰を曲げたのだ。

「今回は、娘の命を救ってくれたようだな。感謝する」

「えぇぇぇぇえっっ⁉」

「……なにを驚いている？」

「そりゃそうですよ！　ぼくはてっきりユズリハさんをキズモノにした責任を取らされて、打ち首にでもされるのかと――！」

「……お前とは一度、じっくりと話をする必要があるようだな」

それからぼくは、否応《いやおう》もなく書斎へと連れて行かれた。

サクラギ公爵家当主の書斎。

その書斎が一般客どころか親しい大貴族ですら入室を許されぬ、将来の公爵家を担《にな》うか国家を担うに相応《ふさわ》しい人物と当主が認めた者だけが入れるだなんてことを、ぼくなんかが知るよしもなく。

間の抜けた顔で豪奢《ごうしゃ》すぎる書斎をキョロキョロと見回していると、公爵に座るようにと促された。

「まずは今回の件だが、我が娘が粗相をしたようだ。謝罪する」

「……はい？」

「ユズリハが胴体に風穴を空けられた件だ」

「あ、あれはぼくを助けてくれようとしたからで、」

「お前はわざと隙を作って、あの悪魔を誘ったのだろう?」

「……どうしてそれを……?」

「トーコ殿から話は聞いた。なんでもお前が危機に陥ったと思われたそのとき、お前の妹は落ち着いていたそうではないか」

「…………」

「今までの言動から鑑《かんが》みて、本当にお前がピンチならば真っ先に妹が身を投げ出すだろう。だがそうしなかった。ならば答えは一つだ」

「……本当のピンチでスズハに身を投げ出されたら、すごく困るんですけど……?」

推測の経緯はかなりザルだと思いつつ。

話を聞いただけで状況を正確に把握するのは、さすが大貴族といったところか。

「ですがいずれにせよ、ユズリハさんのおかげで助かったのは事実です」

「そうか。我が娘は役立ったか」

「それはもう。ユズリハさんがあそこで乱入してくれたからこそ、他の三人はケガもなく、彷徨える白髪吸血鬼《ホワイトヘアード・ヴァンパイア》を追い払えたんですから。取り逃したのは悔しいですが……」

「アレは国家滅亡級の大災厄だぞ。それを単身で追い返しただけでも奇跡そのものなのだ。

取り逃したなどと自惚《うぬぼ》れるな」

「……はい」

公爵は言葉こそ厳しいが、目元には優しさが滲《にじ》み出ていた。

ぼくが後悔を引き摺《ず》らないように、あえて厳しい言葉をかけたのだろうと分かる。

さすが大貴族様の貫禄《かんろく》である。

「というわけだ。娘が傷を負ったのも自業自得《じごうじとく》だし、その傷も治ったのだから問題ない。ワシとしてはお前に、娘を護《まも》ってくれた感謝を示さねばならん」

「いえ、そんなのは当然のことで別に――」

「娘を護ったのが当然ならば、それに礼を示すのもまた当然だと思わんか？　それ以前に謝礼すらきちんとできん奴《やつ》は、貴族以前に人間失格だろうな。――まさかお前は、ワシを人間失格にしようとはすまいな？」

そう言われれば黙って首を横に振るしかない。

それにぼくだって、もしもスズハが誰かに命を助けられたら、相手が当然だと言っても全力でお礼をするに決まってるのだから。

けれど。

すぐにそんなことを思ってられなくなると、そのときのぼくは知るよしも無かった。

＊

——貴族を舐《な》めてはいけない。財力に関してはとくに。

そう痛感するぼくだった。なぜならば。

「褒美《ほうび》は好きなものを要求しろ。金でも貴金属でも美術品でも構わん。土地でもいいし、名誉でもいい。ワシのオススメは我が公爵家の権力を総動員して、お前を一代貴族にしてしまうことだがな」

「……なんですって？」

「無論、本当の貴族ではないから王族と結婚などはできないが、他のことなら我が公爵家肝煎《きもい》りの新興貴族として大抵のことはできよう。土地も人員も金も必要なだけ手配するし、将来的にはワシの身内と結婚させて——」

「ちょ、ちょっと待ってください⁉」

このままだととんでもないことになる、と直感したぼくは慌てて妥協点を探り始めた。

ここで大切なこと、なにもいらないは絶対ダメ。

公爵オススメセットがドカンと降ってくる。

かといって金銭なんかを要求したら、きっとぼくのような庶民には到底管理できない、恐ろしい額が降ってくるに決まってる。

そんなもんは要らない、過ぎたる金は身を滅ぼす。

名門公爵家の直系長姫——それもあの殺戮の戦女神《キリング・ゴッデス》の命の対価というなら、城どころか小貴族の領土がまるごと買えてもおかしくない。

なにか無いか？

なにかこう公爵のプライドを満足させて、それでいて実害もないような方法は——

「あった！」

「なんだと？」

「いえ、なんでもありません」

いかにも今思いついたんじゃありませんよ、という風に表情を取り繕って、

「——こほん。それではぼくから、一つお願いがございます」

「言ってみろ」

「今後のスズハと、ついでにぼくに対する、公爵家の後見をお願いしたいのです」

「ほう……？」

公爵の口《くち》の端《は》が吊《つ》り上がった。

あ、これ絶対あくどいこと考えてるやつだ。

「ふん、欲の無い奴め。そんなことではいつまでも平民のままだぞ？」

「その予定です」

「目先の金銭などより、我が家の加護の方が欲しいとぬかすか」

「恐れながらサクラギ公爵家の御威光は、我が国の隅々まで届いています。その公爵家の庇護《ひご》を受けることとなれば、妹のスズハも貴族だらけの王立最強騎士女学園の学園生活で随分とやりやすくなるでしょう」

「間違いないな。もしも生半可な貴族が権力を盾にお前たちに無茶を言ってくるようなら、逆に一族もろとも叩《たた》き潰してくれるわ」

「そ、そこまでしていただかなくても結構ですが……？」

なにそれ貴族こわい。

平民に生まれて良かったと心底思う瞬間である。

「しかし謙虚も度が過ぎればイヤミにもなるぞ。お前に褒賞《ほうしょう》を出したことが知られれば、我が公爵家が後ろ盾になったことに誰もが気付くはず。それは実質お前が要求したことと同じだろう。ならば金銭を受け取った方が得ではないのか？」

「いえ、そんなことはありません」

「ほう？」

「他に褒美を頂いてしまえば、どうしても困ったときにお願いをしづらくなりますから」

ぼくの流れるような名弁論に、公爵がぱちくりと目を瞬《しばたた》かせる。

これこそがぼくの秘策である。

貴族は平民と違って、名誉とか体面とかを大変重んじる。

その点を鋭く突いて、アナタ様の名誉は最高なので、それで十分ですと突っぱねるのだ。

やがてぼくの罠《わな》に気づいたらしい公爵は、豪快に破顔した。

「そうかそうか……ははっ！　一見善良な平民に見えて、なかなか腹黒い奴め！」

「……はい？」

「一時的な金銭など必要ない、その代わりに我が公爵家を顎で使う権利を要求する、か。

つまりお前はそう言いたいのだな？」

「そんなことは言ってませんよ⁉」

「ああいい、腹の探り合いはもう無しだ。ワシはお前を気に入った！」

なぜか盛大な勘違いをした公爵が、なんだか新しい悪巧みの仲間を見つけたような目でぼくを見た。どうしてさ？

「我が公爵家直系長姫の命を救った対価として、今後の助力を求めると来たか。こいつは普通に考えて、ユズリハが一生掛かっても払いきれない対価だなあ？」

「え、えっと……？」

「目先の餌に釣られず、長い目で見た最適解を摑《つか》み取る。なるほどなるほど、お前はただ強いだけの善良な平民ではないということだ。悪くない、悪くないぞ！」

なんだか勝手に納得する公爵。

そんでもって、すごく勘違いで過大評価されている感がありありだった。

でもここで口を挟むともっと面倒なことになりそうなので、ぼくは愛想笑《あいそわら》いを浮かべて黙るしかない。

「そういうことなら話は早い。——今のうちに聞いておくが」

「は、はい」

「お前はユズリハと結婚したいか？　それとも別の娘がいいか？」

「どういう意味ですか？」

「我が公爵家の娘はユズリハだけではない。お前がユズリハを選ぶのならば万々歳だが、あの娘はちと癖が強すぎるからな。もっとおしとやかな娘がいいとか、もしくは物静かな娘がいいとか、胸が小さい娘がいいとかあれば、我が公爵家の親戚中を探してでも——」

「なに言ってるんですか突然⁉」

「——だ、旦那様！　一大事です！」

ぼくが思わず声を荒らげたのと、公爵家の執事が慌てて入ってきたのが同時だった。

公爵がギロリと執事を睨《ね》めつけて、

「どうしたというのだ？　いま我々は、公爵家の未来を決めようという重要な話し合いをしているのだが？」

「大変申し訳ございません！　ですがユズリハお嬢様が……！」

「ユズリハさん、どうかしたんですか⁉」

「は、はいっ！　皮膚痕の除去術式は無事に成功したのですが、目を覚まされたお嬢様がご自身の綺麗《きれい》になった身体《からだ》を見たとたん、暴れ出しまして！」

「なっ⁉　まさか治療魔術の副作用が——！」

「それがそのっ！　お嬢様が『わたしの痕をっ、スズハくんの兄上との相棒の絆《きずな》の証《あか》しを返せえええっ！　うっうわあああん‼』などと泣き叫びながら、全裸のまま邸内でところ構わず暴れまくり、手が付けられない状態でして――！」

「…………あ、あのアホ娘が…………！」

公爵がガックリと力の抜けた状態で顔を覆う。

……なんだかよく分からないけど、ぼくのせいじゃないよね？

「え、えっと、ぼくもお手伝いしましょうか？」

「……頼む。もし娘を見つけたら、優しく抱きしめてやれ。それで恐らく何とかなる」

「は、はい」

「正気に戻った後に、ユズリハは羞恥で死にたくなるだろうが自業自得だ。そんなことは知ったことではないから気にするな」

「は、はい……？」

なんにせよユズリハさんを取り押さえるために、執事さんの後を駆け出す。

遠くで高価そうな陶器がガチャンガチャン割れる音が聞こえる。

こりゃ早く止めないと大変なことになる、と気が気でなかった。

だからぼくが部屋を出るとき、公爵がボツリと漏らした一言も聞き漏らしてしまった。

「年頃の男に全裸を見られるか……ふん、嫁に出す理由が一つ増えたな」

2（トーコ視点）

わずか数日前から、頻繁に通うようになった公爵家。

トーコは王女としてそれまでも公爵家当主と面識はあったが、貴族のパーティーなどで顔を見た時に立ち話をする程度の間柄でしかなかった。

それが今では、公爵家当主の書斎で深夜まで密談する間柄だ。

その日もお忍びでやって来たトーコを書斎で出迎えた公爵は自ら茶を淹《い》れ、まず自分が口を付ける。

茶に毒など入れていないぞというアピールだ。

「あれ、今日はユズリハいないの？」

いつも公爵の横にいるユズリハがいないことに首をかしげると、公爵が苦々しい口調で返答した。

「あのバカ娘は謹慎中だ」

「謹慎？　なんでよ」

「怒りで錯乱したあげく、全裸のまま屋敷《やしき》内で暴れまくった」

「えっ……？」

どんな事情があったのか、ちょっと想像がつかない。

けれどいずれにしても、よくブチ切れたユズリハを取り押さえられたもんだとトーコが感心していると、

「手が付けられないほど暴れていたのに、偶然いたあの男が取り押さえたら一発だ」

「あー、なるほどね」

どうやらスズハ兄が取り押さえたらしい。それなら納得。

きっと正気に戻ったとき、全裸で暴れていたユズリハは真っ青になったはずだ。

人目もはばからずギャン泣きしたかもしんない。

「しっかしスズハ兄って、彷徨える白髪吸血鬼《ホワイトヘアード・ヴァンパイア》とタイマン張れるくらい鬼強い上に超強力マッサージもできて、その上に暴走したユズリハすら簡単に手なずけちゃうとかもうさ、どんだけーって話よねえ？」

「それだけではない。あの男は頭も切れる」

「そう？　スズハ兄はたしかに善良だけど、頭脳派には見えなかったけどなー？」

「ユズリハを助けた褒賞をなんでもやると言ったら、あの男、我が家の庇護だけ貰《もら》えれば十分だと答えおったわ」

「うわぉ……平民でその返しはなかなかだねえ」

なにしろサクラギ公爵家の掌中の珠《たま》であるユズリハ、その命の対価だ。

それが生半可なものであっていいはずもなく。

もしも将来、公爵家が少しでもスズハ兄への援助を渋ろうものなら『公爵家の娘の命の価値はその程度か』などと後ろ指をさされまくるに違いない。

結果、スズハ兄は今後数十年にわたって、好きなときに好きなだけ公爵家からなんでも搾り取れる権利を得たようなものだ。

金銭でも、権力でも、それ以外でも。

「そっかー。スズハ兄、ぽやぽやしてるように見えて油断ならないかー」

「死線を何度もくぐった男だ。それくらいの交渉術はわきまえているのだろう」

「へえ？　スズハ兄の過去の話とか聞いたの？」

「聞いてはいない、だがワシも公爵家当主だ。経験でそれくらいは分かる」

「残念。スズハ兄の過去の話だったら、ボクも滅茶苦茶《めちゃくちゃ》聞きたかったんだけどなー」

「本人に聞けばいいだろう？」

「なんか滅茶苦茶ヘビーそうだから、興味本位じゃ聞けないんだよ。——まあそんな話は、それくらいにしてと」

トーコはパン、と手を打った。

本来なら時間は一分一秒でも惜しい。

トーコは自分が次期女王になるために、絶対必要なカードを見つけた。

だがそのカードは、自分が思い通りに動かせるようなものではない。

だから今後どのように誘導していくかを、目の前にいる公爵家当主とじっくりみっちり話し合わなくてはならないのだ。

そしてそれ以外にも、いろいろと考えることは多すぎた。

「いやでも、ボクが女王になるために公爵と密会するなんて日がまさか本当に来るとはね。自分でもびっくりだよ」

「たった一人の男の出現で、時代が変わることがある。世の中とはそういうものだ」

「今回ばかりは本当に実感してるよ。まったく、はた迷惑な」

「お前は恩恵を受ける側だろう？　その言葉を、権力の座から追い落とされる側の連中が聞いたら憤怒《ふんぬ》の川を渡るだろうな」

「ボク悪くないよー。あのアホ貴族どもが無能なのが悪いんだよー」

「うるさい。とっとと始めるぞ」

とある公爵家の書斎で、今日も秘密の会合は夜更《よふ》けまで続く。

3

王立最強騎士女学園の中間考査の旅から帰って、一ヶ月が経《た》ち。

スズハとぼくはこのところずっと、公爵家に入り浸っていた。

「わたしの家にある蘇生《そせい》魔法陣を使って訓練して、スズハくんの兄上がその訓練の前後にマッサージするのが一番効率的だろう？」

そんなユズリハさんの言葉に引き摺《ず》られるように、最近スズハは騎士女学園が終わるとユズリハさんとともに公爵邸へ直行し、それに合わせてぼくにも迎えの馬車が来る。

そして二人は夕方まで、密度の濃ゆいトレーニングをこなす。ぼくはそのお手伝いだ。

トレーニングが終わったら公爵邸のお風呂《ふろ》を借りて、マッサージした後は毎回夕食まで用意してくれる。まさに至れり尽くせり。

しかもさすが公爵邸、出てくる食べ物が全部高級でかつ滅茶苦茶美味《おい》しい。

……公爵家当主のアーサーさんも一緒の食卓なんで、緊張するのが玉に瑕《きず》だけど。

そんなある日のこと。

いつものように夕食を頂いていると、食事中は普段ほとんど喋《しゃべ》らない公爵が口を開いた。

「三日後に我が公爵家主催の屋外パーティーがある。二人にも当然出てもらうが、都合はいいだろうな？」

「あ、はい。大丈夫です」

どうせその日も、公爵家で訓練の予定が入っている。

それをキャンセルすればいいだけだからね。

「公爵様には大変お世話になってますし、なんでも手伝いますよ。荷物運びでも警備でも下働きでも」

「お前はいったい何を言って……いや、そのなんでも手伝うといった言葉、よもや間違いないだろうな？」

「もちろんです！」

きっぱりと断言する。

その時なぜか、公爵の目がきらんと光った気がした。

「そうか。ではお前には今度のパーティー、ユズリハのエスコート役を命じる」

「「ええええええっっ――――⁉︎」」

ぼくとスズハは、思わず声を張り上げてしまったのだった。

よくよく聞くと、なんでも屋外パーティーはユズリハさんの凱旋《がいせん》パーティーなんだとか。

なんの凱旋かというと、もちろん彷徨える白髪吸血鬼《ホワイトヘアード・ヴァンパイア》からの凱旋である。

かの国潰しの悪魔と渾名《あだな》される強敵と戦って、一人も欠けることなく生き延びたことは
それ自体が圧倒的凱旋である——そんな公爵の言葉は、十分に納得できるものだ。

「ですが、そんなのは作り話だと思われるかも」

「なにを言ってるのだ。お前が斬り取った、悪魔の腕があるだろう？」

「ああ。あんなもの、まだ取ってあるんですか」

それはユズリハさんの胴体を貫いた右腕を、ぼくが悪魔の肩口から斬り裂いたもの。

あの悪魔のことだ、右腕はとっくに再生しているだろう。

その意味ではトカゲの尻尾を拾ってきたようなものだ。

「……お前がどう思っているかは知らんが、お前以前にあの彷徨える白髪吸血鬼《ホワイトヘアード・ヴァンパイア》の身体《からだ》の一部でも斬り落とした記録は、千三百年前まで遡らなければ存在しないのだぞ？」

「え、そうなんですか？」

「その時に斬り取られたのはわずかに指一本、そしてそれを成し遂げた男こそ、その後に大陸を統一した覇王だ」

「そりゃすごいですね」

「あのな、お前という奴《やつ》は……まあいい。というわけで、我が娘の命を救い、かの悪魔の腕を斬り落とした若き英雄の誕生として、お前は大々的に紹介されることになるからな。覚悟しておけ」

なにとんでもないことをサラッと言ってるんだこの公爵家当主は。

「ちょっと待ってくださいよ!?」

そんなことをされたら大変困る。

なにしろぼくは、偶然にも公爵家の令嬢と面識があるだけの平民で。

公爵の言うようになんて紹介されてしまったら貴族たちからヘンに注目されるだけならまだしも、いらんやっかみや面倒すら抱えることは必然である。

ぼくに力があると勘違いして、取り込もうとするアホ貴族すらいるかもしれない。

そんな面倒は御免である。

「なにを焦《あせ》っておるのだ。ただ事実を披露するだけだろう」

「いやいやいや、物事には言い方というものが……!」

多分目の前の当主サマは、なにが問題なのかさっぱり理解しちゃいない。

そりゃできるだけ目立って、発言力を付けることで利権を我田引水するのがなりわいの貴族としては当然なのだろうけど。

「ええと、ええと……そうだ！　今回の討伐は、ぼく一人の成果ではありません！」

「なんだと？　しかし娘とトーコ殿の話を聞く限り、悪魔との戦闘中に他の三人はお前の邪魔にならぬよう下がっていたと聞いておるが？」

「それは事実です。でもそこにある腕を斬り取ってこられたこと、これはユズリハさんの手柄と言っても過言ではないでしょう」

「過言だと思うが……？」

「そんなことありません。あの時にユズリハさんは、身を挺《てい》して仲間を――ぼくを庇《かば》ってくれました。その命がけの勇気が悪魔の意表を突いたからこそ、なんとか撃退することができたのです――そうですよねユズリハさん！」

「ふえっ⁉」

いきなり話を振られて固まるユズリハさん。

今は公爵家での夕食の最中で、当然ながら公爵の横には、その娘であるユズリハさんが座っている。

必死でユズリハさんにアイコンタクトすることしばし、ユズリハさんはようやくぼくの意図に気付いてくれたようだ。

（な、なあスズハくんの兄上……それって本当か？　本当に本当なのか？）

（もちろんですよ！　だから胸張って主張して下さい！　今すぐ！）

（わ、分かった！　キミがそこまで言うのならば……！）

ユズリハさんがコホンと咳払《せきばら》いすると、居住まいを正して公爵に向き直り、胸を張って堂々と宣言したのだ。

「スズハくんの兄上の言う通りです」

「どこがどう言う通りなのだ？」

「あれはわたしと、わたしが命を喜んで預けられる相棒による――初めての共同作業だと言えるでしょう」

＊

その後なんだかんだあって、彷徨える白髪吸血鬼《ホワイトヘアード・ヴァンパイア》を打ち払った手柄は『サクラギ公爵家ユズリハ令嬢とその仲間たち』のものということになった。大変めでたい。

ただしその代わり、屋外パーティーでぼくがユズリハさんのエスコート役をすることは逃げられなかった。

「現在ユズリハには婚約者もいないし、悪魔を打ち払った仲間で男はお前だけだ。ならばお前がエスコートをするのが当然である」

「ですがそういう場合は、ユズリハさんの親族がエスコートするのでは……？」

「普通ならばな。しかし今回は凱旋パーティーだから、仲間が前に出る方が自然だろう」

そう断言されてしまえば、ぼくが断れるはずもない。

「あ、でも考えたらぼくはパーティーに着る衣装が無いので辞退……」

「そんなものとっくに用意しておるわ。公爵家の品格を損なわぬよう、王都で一番人気の上級貴族専属デザイナーに仕立てさせた一式を用意しておる」

「ぎゃふん」

ぐうの音も出ないとはこのことだった。

そして最後に追い打ちでスズハが、

「あ、あのっ、兄さん」

「なんだいスズハ？　残念だけど、屋外パーティーに出るのは決定事項みたいだよ……」

「わたし、兄さんとお揃《そろ》いのドレスでパーティーに出られるなんて、夢みたいです！」

「……お揃いのドレス？　なにそれ？」

「あのあのっ、兄さんにはギリギリまで内緒にして驚かせようって、みんなで話して。実はユズリハさんに、お揃いのドレスを新調していただいたんです！　わたしだけでなく、ユズリハさんにトーコさんも！」

「あ、そうなんだ……」

「だから当日はユズリハさんだけでなく、わたしもエスコートしてくださいね！」

……どうやら外堀はとっくに埋まっていたようだ。

貴族だの政治家だのって類いは関わるとロクなことがない、っていうのがぼくの人生の信条なのだけどなあ。

「まあ、仕方ないか」

まさか失敗したら殺されるわけでもあるまい。

ぼくは三日後のパーティーに向けて、覚悟を決めたのだった。

4

そして凱旋パーティー当日。

公爵邸の一室で着替えを終えたぼくは、スズハたちの姿を見て思わず言葉を失った。

「えへへ……どうでしょうか、兄さん？」

照れつつも、期待を込めた上目遣いで眺めてくるスズハに返す言葉が見つからない。

お揃いのドレスを新調したと言っていた通り、三人とも同じ格好だった。

それ自体はいいのだけれど――！

「スズハくんの兄上の感想をぜひ聞きたいな？　わたしとしては少々、胸元を晒《さら》しすぎなように感じるのだが……」

そうそれ！

まさにそれが問題だと声を大にして言いたい。

ドレスそのものは白をベースに淡い差し色が使われて、ドレープもとても綺麗《きれい》でそこに文句は無いのだけれど。

なにしろ肩と鎖骨が丸出しなうえトップレスのドレスは胸元まで深く切れ込みが入り、スズハたちの抜群すぎるスタイルがとんでもなく強調されていた。

どう言って良いか分からずにいるとトーコさんが、

「スズハ兄もボクたちに見とれちゃったかな？　依頼したデザイナーが言うにはね、このドレスのデザインは完全にボクたち専用だって言ってたよ？　なにしろ、ボクたちくらい抜群に飛び抜けた美少女で、なおかつ胸が大きくないとデザインに負けちゃうんだって。

それでさあ……どう？」

三人の期待の籠もった目線に、ぼくはなんとか返事をした。

「……い、いやその、なんというか……ちょっとエッチすぎないかな……？」

もちろん言外に「そのドレスは、ちょっといかがなものか」という意味を込めたつもりだったのだけれど。

なぜかぼくの言葉を聞いて、すごく喜ぶ三人なのだった。

「や、やりました……わたし生まれて初めて兄さんに『エッチだ』って言われました‼」

「そ、そうかっ……！　キミに性的な目で見られるというのはその、とても恥ずかしくはあるのだが……しかしわたしもキミの相棒として、そういうこともやむを得ず、やむを得ず受け入れる覚悟はあるっ……！」

「い、意外にガチ照れしちゃったかも……スズハ兄をちょっとからかうだけのつもりだったのに、おかしいな……あははは……」

もうわけが分からないよ。

ぼくはスズハたちの後ろに付いていたメイドさんに近づいて、まともな第三者の意見をこっそり聞くことにした。

おそらく三人の着付けを担当したのだろう。

怜悧《れいり》な美貌で静かに控える、いかにも仕事のできそうなメイドさんだ。

「あの、ちょっとお聞きしたいんですが……こんなドレスで本当に大丈夫なんですか？」

「もちろんでございます」

「そ、そうなんですか……さすが貴族の屋外パーティー……」

「それはもう。ユズリハ様たちの艶姿《あですがた》を目にした殿方は残らず、精液をスプリンクラーのごとく撒《ま》き散らすこと確定でございましょう。略して精スプ」

「それってダメですよねえ⁉」

ちなみにスプリンクラーというのは、貴族邸の庭なんかにごく稀《まれ》にある、とんでもなく高価な魔道具のことである。

「ですがそれも当然かと。本日のお嬢様方の装《よそお》いは、どれほど控えめに見てもかの伝説の淫魔、クイーンサキュバスを遥《はる》かに上回るエロさでございますから。参加者の殿方が一人残らずガチ恋すること確定、求婚や愛人のお誘いが殺到することもはや間違いなしでございます」

「マジですか……」

目の前がくらくらしたぼくが、こめかみを押さえていると。

メイドさんが続けて、こんなことを言ってきた。

「……止めるなら今ですよ」

「えっ？」

「ユズリハ様たちをお止めすることなど簡単です。あなた様が耳元に近づいてこう囁《ささや》けばよろしいのです――『ぼく以外の男に、キミの素敵な胸をジロジロ見られたくないんだ』という風に」

「ええっと……？　でもそれって、スズハはまだともかく、ユズリハさんとトーコさんにぼくが口出す権利なんてないような……？」

「権利云々《うんぬん》の問題ではありません」

「そうかなあ？」

「――ただあなた様は、ご自身のお気持ちを述べられるのみ。その後にどう判断するかはお嬢様方の判断なので、問題ナッシンでございます」

「それは確かにそうかも……？　でも本当に、そんな言葉一つでどうにかなるとはとても思えないんですが……？」

「もとより失敗しても損はございません。騙《だま》されたと思って試していただければ」

その後、メイドさんの言うとおりにしてみたら、本当になんとかなった。

三人ともなぜか顔を真っ赤にして、「ぼくがそう言うなら仕方ないな」みたいな感じで素直に引き下がったのだ。

結局三人とも肩から胸元を隠すケープを掛けることで落ち着いた。

さすが公爵家のメイドさんは優秀だと、ぼくは大いに感心したのだった。

だったら最初から止めてくれという話はさておいて。

＊

パーティーでエスコートするとはつまり、ぼくとユズリハさんが婚約者みたいな感じで一緒に会場入りするということで。

案の定というか、ぼくたちがパーティー会場である公爵家の庭園に入場したその瞬間、会場全体が大いにざわついた。

あの超絶有名公爵令嬢ユズリハさんの横に、見知らぬ平民がいるんだから当然だろう。

なのでぼくもそこでは動揺しない。

けれど全く別の、動揺せざるを得ない理由があるわけで――

「――こらこらキミ、なんでそんなにへっぴり腰なんだ！」

「いやそのですね、これ以上近づくとですね」

「キミはわたしのエスコート役なんだぞ？　もっとぴったりと近づいて、腰にぎゅーっと

手を回したまえ。ほらぎゅーっと」

「いやでもそうすると、ユズリハさんの豊かすぎる胸部装甲が、ぼくの身体《からだ》にぎゅーっと押しつけられるんですよ。ほらぎゅーっと」

「……し、仕方ないじゃないか。だが他の男ならともかく、キミならば別に……ううっ、すごく恥ずかしい……」

そんなこんなでなんとか入場を済ませて。

開始時刻になり、登場した公爵家当主がスピーチを始める。

それは、いかにぼくたち『ユズリハさんとその仲間たち』が彷徨える白髪吸血鬼《ホワイトヘアード・ヴァンパイア》相手に勇敢に立ち向かい、その結果として伝説たる吸血鬼の片腕を斬り落として追い払うという前代未聞《ぜんだいみもん》の大勝利を摑《つか》み取ったかというお話で。

正直、聞いてるこっちが恥ずかしくなるほど美化しまくっていた。

王都随一の吟遊詩人に原稿を書いてもらったに違いない。

そして演説が終わると、ぼくとユズリハさんによる模擬戦闘が始まる。

これも事前に公爵からそういうプログラムだと言われていた。

模擬戦闘を見せることで、ぼくたちの実力はホンモノだぞということをアピールしたい狙いなんだと。

「さあいくぞ、キミの力を存分に見せつけてやれ！」

ノリノリなユズリハさんに押されて中央へ。

これは要するにアレだ。

ユズリハさんというよりは、ぽっと出の平民であるぼくの力量を出席者に見せるために、公爵が用意してくれた舞台。

すでに圧倒的な実力者として知られるユズリハさんを相手に剣を交えることで、今回の討伐話がウソじゃないことを証明しようというものである。

まずは恐ろしく美しい舞踏のように始まる、ユズリハさんの単独剣舞。

一方のぼくは素人《しろうと》だ、剣舞なんてできっこない。

どう見てもユズリハさんの剣舞は見応え十分で、これだけでも見世物としては十分だと思うんだけど。

「……やるんですか？　ホントに」

「もちろんだ！　──とりゃあああっ！」

ボソリと呟《つぶや》いたぼくの声が引き金になって、ユズリハさんがぼくに打ち掛かってきた。

出会った頃より格段に速さと鋭さを増した、成長真っ最中の瑞々《みずみず》しい剣戟《けんげき》。

攻撃過多で防御にやや隙が多いのは、自分より強い相手と戦っていないからだろうか。

それでもこの一ヶ月あまりで、長足の進歩を遂げたのだけれど。

しかしこれ……いつもの訓練風景と変わらないんだけど、いいのかなあ？

「はっ！　ふんっ！」

ブンッ！　ブンッ！

会場に響くのはユズリハさんの斬撃の音と、微《かす》かに漏れる感嘆のみ。

「す、凄《すご》い……あの殺戮の戦女神《キリング・ゴッデス》が、本気で全力を振り絞ってる……！」

「それを涼しげに躱《かわ》すあの青年は、いったいどこの誰なんだ……!?」

「あんな攻撃、もし一撃でも食らったら上級騎士でも即死だぞ……！」

「騎士団長の一撃よりよほど速い上に、全てが正確に急所を狙ってるじゃないか……！」

「ユズリハ様の攻撃もたいがい頭おかしいけどさ、あの斬撃を一つ残らず躱すだなんて、もはや人間業じゃないよ……！」

さすがに会話をちゃんと聞くほど余裕は無いけれど、騎士たちが集まっているあたりが騒がしいようだ。

逆に文官の貴族たちは感心して見守っている様子。

ていうか素人さんには、ユズリハさんの剣がまともに見えないんじゃないかなあ？

「ははっ、さすがスズハくんの兄上！　だが少しは撃ってきたらどうだ！」

「そうですね。それでは──ッッッッッ⁉」

適当に剣撃を合わせて、この模擬戦闘を終わらせようと跳んだ刹那。

視界の端にキラリと光るものが見えた。

それがなんなのか、などと考える間もなく反応して。

──それは恐らく、吹き矢のようなものから出たであろう毒針。

とんでもない速さで、正確にユズリハさんを狙って飛んでくる。

そもそも死角で見えないし、もし気付いたとしても空中で振りかぶったユズリハさんは回避不可能な一撃。

ユズリハさんを狙わんとする超一流の暗殺者が放った、絶対的な一撃。

「はあああああっ────────‼‼」

その致命的な一撃がユズリハさんの首筋に突き刺さる直前。

ぼくの剣戟が、毒針を真横から真っ二つに叩《たた》き落とした。

そのままユズリハさんの身体を地面に叩きつけ、首筋にピタリと刃《やいば》を這《は》わせる。

いつ二撃目がきても、ユズリハさんを護《まも》り通せる態勢だ。

そうして、いつ二撃目が来るのか油断なく窺《うかが》っていると。

「……ほ、本気のキミの前では、わたしの剣技など赤子同然だと改めて思い知らされたな……それはともかく、この態勢でいるのはちと恥ずかしいのだが……？」

「……えっ？」

気がつくと、ぼくはユズリハさんの身体にのしかかるような態勢で。

ぼくたちの迫真の模擬戦闘を賞賛する大歓声が巻き起こっていて。

暗殺者の気配は、いつの間にか消えていた。

＊

急いで公爵を探し、トーコさんと談笑しているのを見つけて話に割り込んだ。

「……暗殺者？」

「はい。かなり危険でした」

状況を話すと、公爵がふむと顎をしゃくる。

「今はもう安全なのか？　——まあ、お前がユズリハの元を離れている以上は、もちろん安全なのだろうが」

「暗殺者の気配は消えました。そもそも暗殺者は一流になればなるほど、失敗した時点で姿を消すものですから」

「なぜそう思う」

「一流の暗殺者は使い捨てではないですし、次の機会に殺せばいいと知っているのです」

「ふむ……トーコ殿はどう見る？」

「別にいつも通り、トーコって呼び捨てでいいよ。でもそうだね、いろんな敵国がガチでユズリハを狙ってるのは間違いないし、その線じゃない？」

どういうことだろうか。

ぼくが分からない顔をしていると、トーコさんが説明してくれた。

「この際だからスズハ兄に話すけど――この前、王立最強騎士女学園の遠征にユズリハと一緒に付いてきてもらったでしょ？」

「はい」

「その時、やたら山賊が多いと思わなかった？」

「そりゃもう思いました」

「あれ全部、山賊に見せかけた敵国の精鋭部隊」

「は？」

思わず素っ頓狂な声を上げてしまう。

「いやいやそれは冗談でしょう？　あいつらみんな、素人のぼくですら捕縛できるほどのザコでしたから」

「……その部分をスズハ兄と議論すると、果てしなく面倒くさいからツッコまないよ？　問題はそこじゃなくて、ユズリハを狙う敵国とそれに繋《つな》がる裏切り者たちが、複数ルートあるってこと」

「…………」

「あの遠征の時ね、わざと不完全な情報を複数、スパイ疑惑のある連中に流したんだよ。それぞれ待ち伏せに最適そうなルートを一つだけ用意して、どこで襲われたらどこの誰が裏切り者なのかはっきり分かるようにしてね」

「それで結果は……？」

「見事に全ヒット。こっちが用意したポイント全部で、きっちり待ち伏せられてたねー」

「ええ……」

「もちろん偶然じゃないよ？　その後きっちり拷問して、全員残らず自白させてるから」

なにそれ貴族マジ怖い。

ていうかそこまで狙われるとか、ユズリハさんどんだけ敵から嫌われてるんだ？

「……恥ずかしい話なんだけど、ウチの国の軍隊トップって、第一王子派と第二王子派で派手にやり合ってるんだよ。そんで戦場のケツは、全部ユズリハ一人で拭いてる。なのにユズリハが頑張れば頑張るほど、手柄が取られたーってユズリハへの風当たりはますます強くなるんだ。そんな負の連鎖」

「それは端的に言って地獄なのでは……？」

「地獄だよ。しかも敵国にとってみればさ、ユズリハさえ消えてくれれば最高幹部どもが内ゲバ起こすのを見てればいい。それで疲弊しきったところを攻めればまあどうやっても勝てるからね。なのにアホどもは、ユズリハを殺せば自分の派閥で地位が爆上がりーって浮かれて、バンバン敵と内通しまくってるわけ」

「こんな国、滅べばいいんじゃないですかね……？」

「気持ちは痛いほど分かるけど、貴族には国を護持する義務があるんだよ。だからボクも頑張ってるわけ。それにユズリハなら、まあ滅多なことじゃ死なないでしょ」

それはそうかもしれない。

さっきの暗殺未遂だってユズリハさんがぼくとの模擬戦闘に全神経を集中していたからこそ危なかったわけで、普段なら自分で気づけただろうし。

だってほら、素人のぼくですら気づいたのだから。

「……なにを考えてるか知らないけど、スズハ兄が考えてることは絶対違っているとだけ言っておくよ」

「なにそれひどい」

5

その後ぼくは会場の庭園に戻り、やがて屋外パーティーはつつがなく終了した。

暗殺者の再度の襲撃は結局来なかった。

頭ではあり得ないだろうと分かっていても、実際に起こらなければホッとするものだ。

「──もうみんな帰ったようだな」

「そうですね」

パーティー会場だった庭園に残っているのは、ぼくとユズリハさんだけ。

照明も落ちて今は星灯《ほしあか》りだけが頼りだけれど、ぼくもユズリハさんもそれなりに夜目は利《き》くほうだ。

「それでユズリハさん、こんなところにぼくを連れ出した用事ってなんです？」

ユズリハさんが暗殺されかけたことは、まだ本人には言っていない。

だからその件ではないはずだ。

暗殺のことを話して、屋外パーティーで随分と楽しそうなユズリハさんに水を差すのは、どうにも憚《はばか》られた。

公爵があとで自分から話すと言っていたし、今日くらいはユズリハさんにパーティーを満喫してもらいたいと思ったのだ。

なんだろうと思っていると、ユズリハさんが想定外のことを言い出した。

「わたしの用事か。それはだな、キミと一曲踊ることだ」

「……はい？」

「ロマンチックな星灯りの下で、素敵なドレスに身を包んだわたしが、相棒とともに一曲ダンスを踊る。──そんなシーンを、わたしはずっと、ずっと夢見ていた」

ぼくはユズリハさんに、相棒と呼ばれるようなことをした記憶は基本的に無い。

ユズリハさんとよく鍛錬する相手は妹のスズハで、だからスズハが相棒と言われた方がよほどしっくりくるというものだ。

ただ、一つだけ。

彷徨える白髪吸血鬼《ホワイトヘアード・ヴァンパイア》との戦いの最中に、我が身を挺《てい》して、命がけでぼくを庇《かば》おうとしたユズリハさん──あのとき確かに、ぼくたちは相棒だった。

「二人っきりなら、こんなものはもう不要だな」

ユズリハさんが肩から掛けていたケープを投げ捨てる。

片方で頭よりもなお大きい、熟れすぎた完熟メロンが二つ、瑞々《みずみず》しいハリでその存在を自己主張してくる。

「なあキミ。わたしは、子供の頃から憧れてたんだよ」

「なにをですか?」

「わたしみたいなガサツな女でも——殺戮の戦女神《キリング・ゴッデス》などと渾名《あだな》を付けられ、男にも女にも等しく死神として恐れられるような女にも、ちゃんとわたし自身を見てくれる、わたしと対等な相棒がいて——」

「……はい……」

「でもその男は当然わたしを相棒として見ていて、女としてなんか欠片《かけら》も見たことが無い。だからわたしは、その男に復讐《ふくしゅう》してやるんだ」

「……はい……」

「ロマンチックな星灯りの夜、誰もいなくなった庭園で、目一杯着飾ったわたしと一緒にダンスを踊る。そのとき初めて相棒は、わたしがただの頼りになる相棒なだけじゃなく、本当は年頃の女の子だったことに気付く——そんなストーリーなのさ」

それはきっと、ユズリハさんがずっと求めてきた夢。

そして恐らくは不幸なことに、相棒としてふさわしい人間が見つからなかったのだろう。

わずか十歳で初陣《ういじん》を飾り、それからずっと戦場を駆け抜けてきた間、ずっと。

「どうだろうスズハくんの兄上。ダメ、かな……？」

ユズリハさんだって本当はきっと分かってる。

ぼくは彼女がずっと夢見ていた、理想の相棒なんかじゃない。

ただそういうきっかけがあっただけの、付き合いもお互いの知識もまるで足りない男。

だから。

ぼくの答えは、一つしかなかった。

「――さあ、お手をどうぞ。お嬢様」

「うんっ――‼」

なんちゃって貴族スタイルで差し出したぼくの手を、ユズリハさんは泣きそうなほどに満面の笑みで握りしめた。

そのまま強く引っ張られる。

これは、ただのごっこ遊び。

子供がやるようなおままごとと本質的に何も変わらない。

だからユズリハさんはなんの気兼ねもなく、今この瞬間だけはぼくを、長年連れ添った相棒のように扱うのだから。

星灯りの下、ダンスが始まる。

ぼくは平民なので、当然ダンスのステップなんて知らない。

だからユズリハさんの動きに合わせて、なんとなくで動くしかなかった。

「ダンスをまるで知らないくせに、それなりに合わせる運動神経はさすがの一言だが……うむ、今度からわたしが直々にダンスレッスンをしようじゃないか」

「謹んでご遠慮いたします」

「遠慮するな。対価はそうだな、訓練およびその後のマッサージの時間をプラス一時間で手を打とう」

「だからいりませんってば」

その後ダンスは延々と繰り返されて。

結局ぼくたちを見つけたスズハが「ず、ずるいですっ！ わたしだって兄さんとダンスしたいです！」と叫びながら飛びついてくるまで続くのだった。

4章　オーガの大樹海

1

その日、公爵邸での夕食時に話を聞いて驚いた。

期末考査はなんと無試験でスズハが学年トップに決まったという。

「え？　それってどういうことです？　逆転のチャンスもないんですか？」

「いやいや、そんなことは無いぞ。無いんだが……」

ユズリハさんが困ったような口調で解説する。

「わたしの時はな、入試で試験官を倒した生徒が——ここではスズハくんが、期末試験で学年全員を相手に勝負した。それで全員倒せば文句なしに学年トップ、もしスズハくんが負ければその時点で残っている生徒で改めてトーナメントを組む。そんな流れだった」

「それもそれで凄《すご》い試験方法ですね……」

「そうでもしなければ勝負にならん。ただ、わたしの時はそれで機能したんだが……」

そういえば、入試で試験官を倒しちゃったのはユズリハさんが史上初、スズハが二人目だって言ってたっけ。

「今回はそれではダメだったと？」

「いえ兄さん。わたしはそれで構わないのですが、みなさん棄権なさいましたので」

「棄権？」

「はい。事前にわたしがどの程度の力を持っているか、お伝えしようと思いまして——」

「うん」

「校庭にあった推定重量十トンの岩を素手で持ち上げたのちに抱き潰してみせたところ、なぜかクラスのみなさんが顔面蒼白《がんめんそうはく》になって、全員棄権してしまいましたので」

「ふむ……」

もしそれが一般人相手なら、脅かすにも程があるというところ。

けれど曲がりなりにも王立最強騎士女学園に入学して一学期が過ぎたということなら、どの生徒もそれくらいはできるのだろうし……

「なんで棄権したんだろう？」

「まるで理解不能です」

「……スズハくんとその兄上は、もう少し常識というものを学ぶべきだ」

公爵家ご令嬢から常識についてダメ出しを受けた。つらい。

ぼくの中では「この常識知らずめ！」なんてセリフは、庶民が貴族をバカにするときの代名詞なんだけどなあ。

「まあそんなことはどうでもいい。スズハくんの兄上、問題は今後のことだ」

「というと？」

「わたしたちに、軍最高司令部から直接命令が下った」

最高司令部からご指名いただくなんて、さすがユズリハさんと感心していると。

「なにを他人事《ひとごと》みたいな顔をしているんだ。命令には当然、スズハくんの兄上も含まれているんだぞ？」

「ええ？　ですがぼくは、軍人でもなんでもない素人《しろうと》の平民ですけど……？」

「あれほどの模擬戦闘を披露しておいてなにが素人だ」

ユズリハさんにジト目で睨《にら》まれた。なぜなのか。

「まあスズハくんの兄上に、自覚がないのは今さらだとして」

「あれ、ぼくまた何かやっちゃいました？」

「やかましい、話が進まないだろう。とっとと最高司令部からの命令を聞いて驚くといい――命令はなんと、わたしとスズハくん兄妹《きょうだい》の三人で、国境にある『オーガの大樹海』の防衛任務に当たること、だと！」

苦虫を噛《か》み潰したような顔でユズリハさんが吐き捨てた。

けれど命令を聞く限り、そこまで頭にくるような内容ではないように思う。

たしかにぼくは軍属じゃないけど、日当が出るなら別に構わないし……

「キミ、分かってないようだな。この命令はな、我々の三人でオーガの大樹海の脅威から防衛するというものなんだぞ？」

「……はあ？」

ユズリハさんの言葉を噛みしめたぼくは、やがて一つの可能性に思い当たる。

いやいやいや、でもまさかそんなバカな。

「ユズリハさん。念のため確認なんですが、その任務はもちろんぼくたちの他にたくさん兵士がいるんですよね……？」

「そんなものいるか」

「えーと？　ぼくの知識の限りだとオーガの大樹海っていうのは、数十万のオーガどもが棲《す》んでる上、毎年夏の繁殖期には溢《あふ》れたオーガがボロボロと森の外に出てくるっていう、とっても危険でなおかつ国防上とても重要な場所なんですけど……？」

「その通りだ」

「しかも大樹海のオーガは、普通のオーガじゃない変異種の割合がなぜかかなり高くて、兵士どころか熟練騎士ですら複数人で対処するのが基本だって聞いたような……？」

「よく勉強しているな。キミなら今すぐにでも騎士として推薦できるがどうだ？」

「いりませんから。ていうかそんな所にぼくたち三人だけ派遣だなんて、遠回しに言うとちょーっと頭がフットーしてるんじゃないでしょうか……？」

「わたしだってそう思っているさ！」

なるほど、これはユズリハさんがブチキレるわけだ。

「最高司令部の使者《ボケナス》がこの命令を伝達に来たが、わたしに向かって『彷徨える白髪吸血鬼《ホワイトヘアード・ヴァンパイア》と対等に戦った実力のある諸兄なら、まあ楽にできる仕事であろう。わはは――』などとのたまってな。あまりに頭にきたので、わたしがどれだけ実力があるのかを使者の身体《からだ》に骨の髄まで教え込んでやった。文字通り」

「……文字通り？」

「兄さん……公爵邸には死者蘇生《ししゃそせい》の魔法陣があります」

「あっ（察し）」

鋭いぼくは、どういうことか理解してしまった。

「多少やり過ぎたらしくて最後にはわたしが視界に入るだけで、恐怖で震えと泣きゲロが止まらない状態になっていたが……おやスズハくんの兄上、なぜ一歩引いているんだ？」

「正直ドン引きですよ」

ユズリハさんは絶対怒らせたらいけないと、改めて思い知ったのだった。

2

オーガの大樹海への道中は、端的に言ってものすごく快適だった。

理由はもちろんユズリハさん。

公爵家という国内最高の権力ステータスと、それに相応《ふさわ》しい金銭をバンバン使いまくる恩恵のおこぼれを、ぼくとスズハも受けまくったのだった。

軍の命令で国境沿いに向かうなどとは到底思えない、まさに大貴族の旅行である。

「——オーガの大樹海に到着したら、とくにスズハくんの兄上には注意してほしい」

とある宿屋の夕食後。

ユズリハさんが真剣な口調でぼくに語りかけてきた。

「オーガの大樹海の防衛拠点は、隣国と共同の砦《とりで》だ。そこから我々の国へと進むオーガが我々の担当、向こうへ進むオーガが隣国の担当というわけだな」

「はい」

「その隣国なんだが……これは機密情報だが、数年前にクーデターが起こっているんだ。表向きには穏当な政権交代という形にはなっているが」

「そうなんですか」

「それで、現在隣国の実権を握っているのが――アマゾネス族だ」

　思わず目をぱちくりさせた。なんだって？

「……あまぞねす？　あの伝説の？　冗談ですよね？」

「冗談じゃないぞ、本物のアマゾネス軍団だ。今までずっと奥地の領土に引っ込んでいたはずだったんだが、数年前に族長が交代すると、あっという間に圧倒的な軍事力をもって隣国全体を掌握した」

「滅茶苦茶《めちゃくちゃ》やり手の族長さんですね」

「まあ政治的手腕もそれなり以上だし、なにより軍事の天才であるのは間違いない」

　そこでユズリハさんが溜息《ためいき》を漏らして、

「問題はここからだ。……我が公爵家の情報網によると、どうも今年のオーガの大樹海に隣国の戦力として出てきたのは、そのアマゾネス軍団なんだ」

　それの何が問題なのだろうかと思う。

「いいじゃないですか。アマゾネス軍団は戦力として優秀なんでしょう？」

「戦力としてはな。だが困ったことに、アマゾネスは男嫌いだ」

「ああ。聞いたことがあります」

「あの脳味噌《のうみそ》まで筋肉でできたアマゾネスどもは、男なんてものは種付けに必要なだけの軟弱なやつばかりで、女と比べて戦士たる素質などは欠片《かけら》も持ち合わせていないと本気で信じているんだとさ。だから男に対する態度が極めて悪い、というより同じ人間だとすら思っていないフシがある」

「なるほど……」

「しかも今回、我々は軍部のアホどものせいでたった三人しかいないという弱みがある。そのうえ唯一の男であるキミに対する風当たりは、もうもの凄いことになるだろう」

するとそれまで横で黙って聞いていたスズハが、静かに口を開いた。

「つまり兄さんを侮辱したクソビッチを、全員叩《たた》き潰せばよいということですね？」

「ちょっとスズハ⁉」

「構わないが絶対バレないようにやれ。さすがにバレたら外交問題だ」

「ユズリハさんまでなに言ってるんですか⁉」

「まあそれは現地でじっくり相談するとしてもだ」

「冗談だって言ってくださいよ！」

ユズリハさんがぼくに向かって、すまなそうに頭を下げた。

「スズハくんの兄上には不快な思いをさせてしまうことと思う。大変申し訳ない」

「そんなこと。頭を上げてください」

「——とはいえ、アマゾネスたちが人権すら認めてないのはあくまで普通の男だからな。キミがどれくらい強い男なのか知ったならば、奴《やつ》らはあたかもドリルのごとく手のひらをくるくる返してくるはずだ。だからそれまでの辛抱だろう」

ちなみにドリルとは凄《すご》い速度で回転する魔道具で、とても高額である。

「あ、ぼく程度の強さで良いんですか?」

「……いろいろ言いたいことは山積みだが、キミくらい強ければなんの問題もない」

ならばちょっぴり安心だ。

自己流で鍛えてる程度のぼくでも認められるというならば、噂《うわさ》に聞こえるアマゾネスの男嫌いというやつも、それほどではないのかもしれない。

3

ようやく着いたオーガの大樹海の防衛拠点は、大きな砦のような建物だった。

そこにいたのは隣国のアマゾネス軍団がおよそ千人。

この砦はオーガの繁殖期にあわせ、隣接した両国がそれぞれ十万人の兵力を出すという約束なのだけれど、たった千人でも問題ないのだという。

なぜならアマゾネスは、たった一人で兵士百人分の働きをするのだから。

ホントかなあ？

「――そっちが、たった三人だとは思ってなかった」

無表情の中に僅かな不快と不信を滲《にじ》ませているのは、アマゾネス軍の総軍団長の二人。

どう見ても同じにしか見えない双子で、名前はカノンさんとシオンさんと言うらしい。

年齢は良く分からないけど、ぼくたちよりも僅かに上だろうか？

その格好はどこから見てもアマゾネス。

ビキニアーマーに身を包み、鍛え抜かれた褐色の肉体を惜しげもなく晒《さら》している。

顔立ちはいわゆる東方系、彫りが浅めなのでぱっと見は地味だけどよく見ると凄《すさ》まじい美少女である。

ビキニアーマーで丸見えな身体《からだ》つきも、まあとんでもなくエッチで。

アマゾネスさんたちは全員ボンキュッボンなスタイルだけど、そのトップである二人はサキュバスも裸足《はだし》で逃げ出すほどの発育ぶりだった。

とはいえ、こっちのスズハやユズリハさんも負けてないのだけど。

「そちらの不快はもっともだ。だがこちらの話を聞いてくれ」

気の弱い男なら目の前に立たれただけでチビってしまいそうなド迫力美人姉妹に睨《にら》まれ、それでも平然と主張をするユズリハさんがとても頼もしい。さすが貴族。

「現在、我が国の軍事情は非常に厳しい。というのも――」

ユズリハさんがどんな言い訳をするのかは、事前に聞かされていた。

その内容はまあかろうじてウソではないものの、控えめに言っても大げさで紛らわしい、誤解を招きかねないようなもので。

つまりは儀礼的、外交的な会話というやつだ。

もちろん相手もバカではないのでそんなことは分かっていて、つまり「わたしもたった三人とか頭おかしいと思うんだけど、上層部がクソなので仕方ないのだよ。ごめんね☆」ってことを、丁寧すぎるオブラートで何重もくるんだ会話なのだ……ってユズリハさんが言っていた。

ユズリハさん渾身《こんしん》の言い訳が終わると、アマゾネス総軍団長の片方が軽く頷《うなず》いて。

「……そっちの言いたいことは分かった」

「そ、そうか。良かった――」

「でもそんなことはどうでもいい。それより」

これもまたユズリハさんから聞いていた。

アマゾネスは、貴族階級的な儀礼は重視しない傾向がある。

だから直球で、いろいろ言われるかもしれないということ。

「――問題は、そっちの男」

「スズハくんの兄上のことか？　だが今も言ったように、彼は確かに男かもしれないが、わたしたちの――」

「いい。言葉じゃどうせ分からない」

アマゾネスの双子がビシリと揃《そろ》ってぼくを指さして、交互に語りかけてきた。

「ユズリハはお前がとても、とても強いと言った」

「けれどそんなことは到底信じられない」

「だからわたしたちは、お前に勝負を挑む」

「それに勝つことができれば、わたしたちもお前を認めよう――」

「『どう？』」

ド迫力美人にじっと見つめられ、どうかと聞かれてしまったら。

ぼくみたいなただの平民にできる返事なんて、一つしかないじゃないか。

「は、はいっ……！」

「よく言った、男」

「ではこれから死合《しあい》を始めよう」

「決着はどちらかが降参、または死ぬまで。異論はない？」

「あ、ありません」

なんだか試合の言い方がやたら物騒だったけれど気のせいだろう。

それにこの状況は、男であるぼくが最低限の実力があることを、アマゾネスのみんなに披露する機会を作ってくれたと言えるわけで。

そう思えば二人は、ぼくにもちゃんと配慮してくれてるのだと思う。

言い方はちょっとアレだけど。

共同戦線を張る前に実力を見ることだって、むしろ当然のことだしね。

「スズハくんの兄上なら大丈夫だと思うが、くれぐれも気をつけるんだぞ！」

「に、兄さんっ！　どうかご無事で！」

なぜか大げさな感じで見送る二人に内心で首をかしげる。

大げさだなあ。ただの模擬試合なのに。

アマゾネスの総軍団長に先導されて表に出ると、いつの間にか簡易コロシアムのような状態ができあがっていた。

恐らくはこの砦《とりで》にいるアマゾネス全員が輪のようになって幾重にも取り囲み、その中がぽっかりと空いている。この中で戦えということだろう。

アマゾネスの輪の中心に着いたところで、二人がぼくの剣に目を向けて言った。

「男、お前の武器は貧弱だな。貸してやろう」

「あ、いえ結構ですよ」

ぼくの武器はアマゾネスさんやユズリハさんたちのような高級品《わざもの》ではない。庶民だもの。でもだからこそ、武器の品質にあまり頼らない戦い方は工夫があるわけで。

「ぼく、なんなら武器無しでも大丈夫ですから」

いざとなれば武器無しでも戦えますよ、とアピールをしたつもりだったけれど。

ぼくがそう言った瞬間、なぜか二人の殺気がぶわわわっと膨張して。

「男、よく言った」

「我らアマゾネス相手に凄まじい自信……よほどの実力者か、それともただの愚か者か」

「見極めさせてもらおう」

「ただ認めるなどあり得ない。——お前がアマゾネスの全てを得るか、それとも死ぬか」

「そういう戦いと心得よ」

「いざ、尋常に――」

「「勝負‼」」

怒ったアマゾネスさん二人が、不意打ちのようにぼくに突撃してくる。

ひょっとして「お前らなんて素手でも勝てる」みたいな風に捉えられたのだろうか。

弁解しようにも、アマゾネスさんがもの凄いスピードで突っ込んでくる。

ぼくが武器を使わないと誤解されてるかもなので、剣は使えないし――仕方ない！

「行きますよ！」

突っ込んできたアマゾネスさんに足を引っかけ、なるべく遠くへ弾《はじ》き飛ばすと。

絶妙な時間差で仕掛けてきたもう一人のアマゾネスさんに、軽いボディブローを放つ。

ぼくの拳は、剝《む》き出しのアマゾネスさんの腹筋に深く突き刺さり――

「――うぐおえええっっ⁉」

身体《からだ》をくの字に曲げたアマゾネスさんが、カエルが轢《ひ》かれたみたいな呻《うめ》き声を漏らした。

4　（ユズリハ視点）

衝撃的な戦いが繰り広げられていた。

アマゾネス軍団の総大将二人が、たった一人の男にいいようにあしらわれている。

実力の差は明らかだった。

「……兄さんって、本当にどこまで強いのか、妹のわたしでも分からないんですよ……」

「心配するな。わたしもだ」

「……兄さんに言わせると、わたしたち同様に兄さんも成長してるって話なんですけど、元々のレベル差がありすぎて遥《はる》か雲の上なのに、さらに強くなってるとかもうまるっきり理解不能レベルですし……」

「わかりみが深い。とてもな」

スズハの独り言を、ユズリハが全面的に肯定する。

ユズリハは思う。

いったいあの男は、自分がやっていることをどれだけ理解しているのだろうかと。

そもそもアマゾネスといえば大陸に名を轟《とどろ》かせる戦闘民族で、生まれた子供は例外なく幼児の頃からとんでもなく厳しい訓練を続けている。

そんな厳しい訓練に耐え抜いて成人したアマゾネスの実力は、大げさでなく兵士百人に相当すると言われるほどだ。

そしてアマゾネスの社会は、強い方がまた社会的地位も高い。

つまりアマゾネスの総軍団長である二人は、間違いなくそのまま、アマゾネスの戦闘力トップの二人である。

あの双子はユズリハの記憶では、共同で族長も兼任しているはずだ。

その二人を赤子のように捻《ひね》る。

そんなこと、たとえ片方だけが相手でもユズリハには絶対できない。

少し前までより飛躍的に実力が向上した今では、一対一ならばあの二人を相手にしてもそれなりに高い勝率を得られるだろうが、それとて油断すれば待っているのは敗北と死だ。

「あっ……！　兄さん、今の剣撃を指一本で止めました……！」

「……目の前で見ても信じられないな……」

きっとスズハくんの兄上は、ただの模擬試合だと思っているのだろうとユズリハは思う。

けれど他の全員はそうではない。

そこにあるのはたった一人の男に、超戦闘民族アマゾネス族の頂点たる二人がまとめて子供扱いされている、ただそれだけの事実。

ユズリハには、今のアマゾネス二人の気持ちが痛いほど分かる。

――スズハくんの兄上に勝てないのは仕方ない。

実力が絶望的に違いすぎる。

それくらいのことはとっくに理解している。

けれどせめて一太刀浴びせなければ、総軍団長として、族長として面目が立たないのだ。

アマゾネス二人の顔はとっくに、くしゃくしゃに歪《ゆが》んでいる。

目元から止《と》めどなく溢《あふ》れる液体を、流れる汗だと勘違いしているのは、この場において
たった一人しかいなかった――

「あっ……！　今度は兄さん、相手の剣の上に立った……⁉」

「……あの軍団長二人でも、今日初めて剣を握ったばかりの新兵相手にすらあんな真似《まね》は
できないだろうな。つまりは、それ以上の実力差ということか……」

「……ちなみにユズリハさんはあの二人相手に、一人で戦えますか？」

「無謀だな。一方が相手ならともかく、あの二人の真骨頂は双子であるがゆえの凄《すさ》まじい
コンビネーションだぞ？　それを二人纏《まと》めて相手するなど、自殺行為に等しい」

「ですよね……でもそうすると、兄さんって一体……」

言葉では呆《あき》れながらも、スズハの視線は熱い。

そういえば、とユズリハは気付く。

だんだんと空気が変わり始めている。

なんかこう、試合を見ている周囲のアマゾネスたちの目が、なんとなくハートマークになっているような……？

「ユズリハさん。念のため聞いておくんですが」

「なんだいスズハくん？」

「……ひょっとしてアマゾネス一族って、自分より強い男を見つけたら惚《ほ》れちゃうとか、そういうことは無いですよね……？」

「いや、そんなことは聞いたこともない。ないんだが……」

ユズリハの額に、冷たい汗が一筋流れる。

そもそもアマゾネスが男に冷酷なのは、軟弱な男を対等な異性として認めないからだと言われている。

ではもし仮に、自分たちの中で最も強い族長すら軽く手玉に取るほど強い、そんな男が現れたらどうなるのか？

ひょっとしてそれはアマゾネスにとって、初めて認められる異性なのではないか。

孤高と言えば聞こえはいいが、実態は男ひでりの女軍団。

そこに突如として現れた、唯一無二の男子様《おうじさま》として見られたとしたって、全然おかしくないのかも——？

「……は、はは……まさか……！」

ユズリハは引きつった笑いを浮かべるのが精一杯だった。

5

ぼくがアマゾネスさんたちに邪険にされる疑惑は、完全に杞憂《きゆう》に終わった。

最初こそ多少つっけんどんだったけれど、挨拶代わりの軽い模擬試合をやってしまえばすぐに打ち解けて、まるで身内のような親身さで接してくれる。

アマゾネス族はみんな凄《すご》く美人でスタイル抜群なのに、しかも滅茶苦茶《めちゃくちゃ》フレンドリーで笑顔振りまきまくり、ボディタッチなんかも気にせず距離がすごく近い。

世間の噂《うわさ》など当てにならないと、改めて思った今日このごろである。

「……何を考えてるのかは知りませんけれど、いま兄さんの考えてることは、絶対に全部まるっと間違ってますからね？」

「どうしたのさスズハ、藪《やぶ》から棒に」

「いいんです、兄さんの勘違いは今に始まったことではありませんから。ですが――」

「なにさ？」

「——どうしてアマゾネスの二人が、兄さんの横に座ってるんですか⁉　そこはわたしの席のはずですっ！」

だんっ、とスズハがテーブルを叩《たた》くと載っている食べ物が宙に浮いた。

「こらスズハ。食事中に行儀が悪いのは感心しないよ？」

「す、すみません兄さん。つい……！」

しょぼんと反省したスズハの横に座るユズリハさんが苦笑して、

「まあまあスズハくんの兄上。こうしてスズハくんも反省しているようだから、この場はわたしに免じて許してやって欲しい」

「ユズリハさんがそう言うのなら」

「それにわたしもスズハくんの言う通り、アマゾネスの二人はスズハくんの兄上に対して近寄りすぎだと思うのだが？」

「仕方ないでしょう。ボディタッチはアマゾネスの流儀らしいので」

そう、ぼくは今アマゾネスの総大将の双子に、左右に挟まれて食事をしている。

これはこちらの国と隣国のアマゾネス軍団が、これから共同戦線を張るにあたって開く、ささやかなレセプションの一環だという。

なのでぼくの席は、スズハやユズリハさんと同じテーブルの向こう側にあるというのが普通だけれど。

　ぼくが答えると、左右のアマゾネスが、同時にうんうんと深く頷《うなず》いて。

「そう、兄様《ターレン》の言う通り。これはアマゾネス一族最高のもてなしの形だ。邪魔をするなど許されない」

「我々が兄様《ターレン》を全力でおもてなしするのを邪魔するならば、我がアマゾネス軍団はたとえ最後の一兵となっても戦い抜くであろう」

　アマゾネス族のぼくに対する呼び方は、なぜか兄様《ターレン》に固定されてしまった。

　なんかアマゾネス族では特別な意味合いがあるみたいで、ユズリハさんがいくら難色を示しても「この呼び方以外受け入れられない」とか言って拒否していた。

　べつにぼくはどう呼ばれても構わない。

　それにきっと『アマゾネスが認めし男』みたいなカッコいい意味があるのだろう。あるのかもしれない。

　あるといいなあ。

「……まあいいです。ですが兄さん、食事が終わったらわたしたちとの訓練をする日課がありますから忘れないでくださいね？」

　なぜかご機嫌斜めのスズハがそう言うと、アマゾネスの二人が反応して。

「それは僥倖《ぎょうこう》。ぜひわたしたちも参加させてもらおう」

「もちろんその後の、すぺしゃるなまっさぁじとやらもだぞ？」

「なっ⁉　なんで二人がスズハくんの兄上のマッサージを知っているんだ⁉」

もの凄く慌てたスズハとユズリハさんに、アマゾネス二人がふふんと笑い。

「我らアマゾネスの情報網にかかれば、それくらい知っていて当然」

「我々は同盟軍、まさか隠したりはするまいな？」

「くっ……」

ユズリハさんが、なぜか完全敗北したみたいに膝を突いた。

どうしたんだろう。

これから後、いつも通りに訓練した後マッサージをするだけだと思うんだけど。

6（トーコ視点）

王城の廊下をすれ違う時に手の者がそっと渡した報告書を自室に戻って読んだトーコは、
にんまりと顔をほころばせた。
「アマゾネス軍団、陥落っと……さすがはスズハ兄ってところかな？」

この国の水面下で密《ひそ》かに進んでいる、一つのクーデター計画。

次の王座を巡って権力争いしている最中の第一王子派と第二王子派をまとめて蹴散らし、第一王女であるトーコが次の女王になろうという計画だ。

首謀者の一人であるトーコは、クーデターの成功自体は疑っていない。

なにしろこの国で最高の戦力である四人――自分、ユズリハ、スズハ、そしてスズハの兄が揃《そろ》えば、クーデターが失敗する未来図なんて考えられない。

けれど未来の統治者であるトーコとしては、女王になったらハイ終わりというわけにはいかないわけで。

その先のことも考えて、今から布石を打っておく必要があるわけなのだ。

「これで一番ヤバそうだったアマゾネスたちの侵攻は、まず回避できるはず……まったく、あいつらってばクソ強い上に忠誠度まで底なしに高いんだから、最初に抑えておかないと怖くって仕方ないのよね……」

クーデターが起こるということは、自分たちの国が混乱していると喧伝《けんでん》するようなもの。

当然ながら他国に付け込まれる要因になるわけで。

現在実質的に隣国を支配するアマゾネス族の族長と、トーコは何度か話したことがある。

極めて切れ者の双子で、絶対に敵に回したくない相手だった。

こちらが油断すれば、一息に攻めてくるだろう。

今だってユズリハやトーコさえいなければ、とっくにこちらの国に侵攻してきているに違いない。

「でも、それにしても兄様《ターレン》は予想外すぎるって……スズハ兄ってば、どんだけケタ違いの強さを見せつけまくっちゃったんだろーね？」

アマゾネス一族はなまじ軍隊などよりよほど厳しい、実力に裏付けされた極めて強固な階級社会であることは世間でもよく知られている。

だがその中において、族長よりさらに上とされる伝説の階級が存在することを知る者はほとんどいないだろう。

それが兄様《ターレン》。

アマゾネスの族長が、自分などよりも遥《はる》かに強者であると認定した、アマゾネスの頂点よりもなお頂点に立つ者と認めた男性のみに与えられる称号。

ちなみに強かったのが女性の場合は、強制的に新族長になるだけであり別に姉様などと呼ばれたりはしない。

「それにしても……ふふっ、ユズリハの焦《あせ》った顔が目に浮かぶかも……」

ユズリハのことだ。今まではなんだかんだ言ったところで最終的には自分がスズハ兄をゲットできる、そう心のどこかで思っていたことだろう。

なにしろ最大のライバルであるはずのトーコには、王女という大きすぎる枷《かせ》があった。王族は平民と結婚できないのだ。

もう一人のライバル候補としては妹がいるが、あれはあくまで妹だ。まあスズハ本人はそう思ってないだろうが。

他のライバルなどは、公爵家の権力とユズリハの武力で蹴散らしてしまえばいい。

しかしアマゾネス族はそうはいかない。

ただでさえ圧倒的な武力で知られるアマゾネス。しかも今の族長は、隣国政治の実権もガッチリ握っている。

その権力、財力、武力を合わせれば、サクラギ公爵家ですら見劣りしてしまう。

あのスズハの兄獲得レースで圧倒的優位だったユズリハが、スズハの兄の同国人という有利を持ってして、かろうじて互角に持って行ける程度の相手。

それほどにアマゾネスの族長という立場は、強い。

「でもユズリハ、怒ったらダメだよ？　ボクはこの国の未来のために、あえてスズハ兄の情報をアマゾネス族に横流しして、オーガの大樹海に向かわせたんだから。べつにボクは腹いせとして、アマゾネス族に情報を流したわけじゃないんだからね……？」

その成果は十分すぎる以上にあった。

少なくともアマゾネスの族長は、スズハの兄と出会えたのはトーコの情報のおかげだと深く感謝している。

その情報の報酬は『兄様《ターレン》の指示が無い限り、隣国やアマゾネス族がこちらの国に一切の手出しをしない』こと。

もしもスズハの兄を観察しに出向いたアマゾネスの族長が無駄足だと判断したならば、その足でこちらの国に攻めてすら来かねない危険な賭けだったけれど、トーコの見立てで勝算は十分すぎるほどあった。

そして当然のように、その賭けに勝ってみせた。

だから国の為《ため》なのは間違いない、とトーコは結論づける。

ひょっとしたらそこに多少の私情が挟まれているかもしれないが知ったことか。

それに。

「まあ、もしユズリハとアマゾネスたちが争って収拾が付かなくなったら――ボ、ボクが慣習を破ってでもお嫁さんになっても、し、仕方ないもんねっ……！」

国を統《す》べる女王として、たかが男一人のために平地に乱を起こすようなことは、絶対にあってはならない。

けれど、もし既に血みどろの争いが起きていて、どうにもならなくなっていたら。

たとえ慣例を破ったとしても――その争いの元凶を取り上げて事態を収拾させるのも、女王たるものの仕事なのだから。

7

ぼくたちがオーガの大樹海の砦《とりで》に来てから、二週間が経《た》った。

来る前はどうなることかと思っていたアマゾネス軍団だけれど、みんなとっても親切で優しくて礼儀正しい女性たちばかりだった。そのうえみんな可愛《かわい》くてスタイルも抜群で、ビキニアーマー着用なので目のやり場に困ってしまう。

そうしてぼくが困っているとき、なぜかスズハがよく寄ってきて、奇妙な行動を取ってくるのが最近の悩みと言えば悩みなのだけど。

今もそうだ。

「ふう――暑いですね、兄さん（ぱたぱた）」

「……？」

「どうしたんですか兄さん。そんな訝《いぶか》しげな顔をして（ぱたぱた）」

「うん、ちょっと……いやなんでもない」

「ヘンな兄さんです。それにしても暑いですね（ぱたぱた）」

ちなみに（ぱたぱた）というのは、スズハが胸元をぱたぱたと扇《あお》いで、服の中へと風を送り込んでいる音である。

スズハはこういう風なはしたない所作はしない子だったんだけど、この砦に来てからはよくするようになった。

ほかにもスカートをぱたぱたさせたり。

ぼくに「兄さん、わたし少し太っちゃいました……」なんて言いながら、胸元が完全にパツンパツンになった服を無理矢理着てぼくに見せてきたり。

いきなり「いつも兄さんにマッサージしてもらってばかりだから、お返ししますね」と言いながらマッサージしてきたはいいけど、やたらと胸を押しつけてきたり。

そのどれもが、いつも通りを装《よそお》ってはいるものの凄《すご》く恥ずかしそうに顔を赤らめながら、ぼくの様子をチラチラ窺《うかが》っているのが丸わかりで。

スズハの意図が分からないぼくとしては、どう反応すればいいのか大変困る。

けれどなんとなく、これは本人に聞くのは地雷だという気がしたので、ユズリハさんにこっそり相談することにしたのだった。その結果。

「……キミってやつは、まるで女心が分かってないな……」

やれやれと肩をすくめながら首を振ったユズリハさんが、なんでかぼくに可哀想《かわいそう》な子を見る目を向けてきて。

「いいかキミ、こんなのは簡単だ。つまり――」

そうぼくに教えかけたところで、ユズリハさんの口が止まる。

「……ん、待てよ？　これはチャンスか……？」

「ユズリハさん？」

「……ここでスズハくんに恩を売っておき、今一度わたしの味方に引き入れておけば……いざアマゾネスどもが出しゃばってきたときに、スズハくんというカードが使えるわけか……アリだな……」

「えっと、ユズリハさん……？」

「うるさいなキミ。今とても大切な考えごとをしているんだ、少し黙っていてくれ」

公爵家令嬢のユズリハさんのことだ。きっとぼくとの話の途中に、いきなり国家百年の計でも思いついたのだろう。

うんうん唸《うな》りながら考えていたユズリハさんだけど、やがて考えごとは纏《まと》まったようで、ぼくに向かって爽やかな笑顔を向けた。

「いいかキミ。今回の件は非常に単純、キミが原因だ」

「ぼくですか？」

「そう。訓練やマッサージなどでアマゾネスに構う時間が増えていく一方、スズハくんと、あともちろんわたしもだが、わたしたちとの時間が減ってしまっただろう？」

「それは確かにそうです」

「きっとスズハくんは、スズハくんの兄上がアマゾネスに取られたようで寂しかったのさ。だからキミの気を引こうとして、積極的なスキンシップを図ろうとしたわけだ」

「なるほど。そういうことでしたか」

「だから今後はアマゾネスたちとの交流は最小限にして、わたしやスズハくんとの訓練やマッサージなどを最優先にするのがいいだろうな。うん、是非そうすべきだ」

「ですが、隣国の共同作戦軍であるアマゾネスさんたちを邪険にするように見えかねない態度はマズいのでは？」

ぼくの疑問に、ユズリハさんは難しい顔で首を捻《ひね》って、

「……確かにそうだな。キミが急激に態度を変化させれば、アマゾネスどもは絶対に裏にわたしがいると疑うだろう。しかし、キミに上手《うま》い匙加減《さじかげん》で腹芸をしろと言ったところで無理だろうし……」

「す、すみません」

「いいんだ。では仕方ない、今度、まる一日スズハくんとデートでもしてやるといい」

「デートですか？　ぼくたち兄妹《きょうだい》ですけど？」

「難しく考える必要は無いさ。その日は一日アマゾネスとの交流は断って、スズハくんに奉仕してやればいい。スズハくんの訓練に一日マンツーマンで付き合って、訓練の始めと終わりにはフルコースのマッサージを施して、食事はキミの手料理を振る舞ってやって、寝る前にはスズハくんと二人きりで存分に語り合えばいいのさ」

「そんなことでいいんですか？　それなら簡単ですけど……」

「それでいいんだ。ああ、あとスズハくんのデートが終わった後、私にも同じことをしてもらうからよろしく頼む」

「はい？」

「どこがどうスズハくんに効果的だったか、実際に体験して確かめないといけないからな。——け、決してわたしもキミと二人っきりで密着トレーニングして、キミのマッサージをフルコースで味わいつつ、キミの手料理を堪能《たんのう》して癒《いや》されたいとかじゃないから、そこのところは勘違いしないでくれ」

「それはもちろんです」

ぼくはそれから数日後に、ユズリハさんから教えられたようにスズハを誘って、一日中つきっきりマンツーマンで特訓した。

始めと終わりにはスペシャル版フルコースマッサージもしたし、夕食は大いに奮発してスズハの大好物の味噌《みそ》カツとエビフライとひつまぶしを出すと、嬉《うれ》し涙《なみだ》を流しながら凄い勢いで食べ尽くしてくれた。

ユズリハさんの言うとおりにしてよかった。

公爵家の娘さんともなると頭のデキが違うんだな、なんて感心することしきりである。

8（ユズリハ視点）

スズハとその兄がデートした翌日の夜。

兄に内緒でユズリハの元を訪ねたスズハが、部屋の入口で腰を直角に曲げ感謝の意思をあらわした。

「ユズリハさん！　今回は本当に、本当に——ありがとうございました！」

「それはいいから部屋に入ってくれ。アマゾネスどもに見つかると面倒だ」

「失礼します」

スズハを部屋に招き入れながら、ユズリハは内心で驚きを禁じ得ない。

なにしろまだ、スズハには種明かしをしていないのだ。

扉を閉めて、アマゾネスやその他の間諜《かんちょう》がいないことを再確認してからユズリハが聞く。

「さて、なんのお礼だか？　……なんてとぼけても無駄だろうが」

「もちろんです。昨日の兄さんとのデート、ユズリハさんの差し金でしょう？」

「スズハくんの兄上にはわたしの名前を出さず、いかにも自分で考えたように振る舞えと言っておいたのだがな。ポロリと漏らしてしまったか？」

「いえ。ですが兄さんが自分で思いつくはずもないですし、ならば答えは一つですから」

「では問おう。わたしがスズハくんと、スズハくんの兄上をデートさせるメリットは？」

「わたしに対して貸しを作って、アマゾネス族との駆け引きに使えるカードを増やすこと……でしょうか？」

舌を巻く。

そこまで見抜かれているのなら、腹芸を続ける必要などない。

「まあその通りだ。なにしろアマゾネスどもが、スズハくんの兄上にべったりだからな」

「そうなんですよ！　一体どういうつもりなんでしょうか、兄さんのことを兄様《ターレン》だなんて親しげに呼んで！　兄さんを兄さんと呼んでも良いのはこの世界中で、兄さんの妹であるわたしだけのはずです！」

「正直わたしも予想外というか困惑しているというか……アマゾネスどもがスズハくんの兄上を受け入れるのはともかく、あそこまで親しげにしてくるなんて想定外すぎるぞ」

アマゾネスについて、ユズリハの知識は平均的な上級貴族と大差ない。

つまりユズリハは、アマゾネスたちがスズハの兄を兄様《ターレン》と呼ぶ理由を知らない。

アマゾネスの総大将を倒した尊称なのだろうか、なんて推測する程度で。

まさかそれがアマゾネス一族全員を絶対服従させる男性にのみつけられる尊称だなんて事実は、さすがに想像の埒外《らちがい》である。

「……アマゾネス族は、兄さんを取り込みたがっているのでしょうか？」

「断言はできない。だがあの態度を見れば、そのように考えるのが普通だろうな。それにスズハくんの兄上のことを調べれば調べるだけ、絶対に手に入れたくなるのは当然だ」

「兄さんは自分のことを、ただの平民だと思っているようですけどね」

「スズハくんの兄上はそれなりに賢いくせに、その一点だけは大バカ者だからな……まあ自覚されるのも面倒なので放っているが」

「そうですね。まったく同感です」

「ん？　スズハくんは自分の兄上に、実力を自覚されても構わないんじゃないか？」

「そうでもありません。どこかの姫君と結婚すると言われても困りますから」

「なるほど」

　ユズリハとスズハが苦笑し合う。

　緩やかな現状維持を望んでいるという点で、二人の利害は一致していると確認できた。

「ならばわたしから、スズハくんに提案だ」

「せっかくですがお断りします」

「……まだ何も言ってないが？」

「聞かなくても分かります。ユズリハさん側につけ、というのでしょう？」

「その通り。話が早くて助かる」

「ですが現在、アマゾネス族が想定以上に兄さんに好意的である現在、ユズリハさん側に決め打ちする必要はありません」

「…………」

「わたしたちは平民ですし、将来的に他の国で暮らすという選択肢も大いにあり得ます。ユズリハさんのことは好ましく思っていますが、わたしは兄さんにとって一番いい未来のために、アマゾネス族とユズリハさんを天秤《てんびん》にかける必要があるでしょう？」

「やれやれ。まったく兄思いの妹で結構なことだ」

「兄さんはときどき善人すぎますからね。わたしがしっかり支えるほかありません」

スズハのキッパリとした拒絶に、ユズリハは不快さを感じない。

むしろきちんと断りを入れることに、スズハの凛《りん》とした誠実さを感じる。

これが自分の国の腐れ貴族どもなら、うわべではユズリハに阿諛追従《あゆついしょう》しておきながら、裏ではアマゾネス族とも取引すべくコンタクトを取るだろう。そして将来、劣勢に立った陣営は切り捨てて、約束など最初から無かったように反故《ほご》にするのだ。

そもそもスズハほど状況を俯瞰《ふかん》する頭脳があって、自分の提案に素直に乗ってくるなど期待していなかったユズリハである。

しかしユズリハには、一つだけ策があった。

「スズハくんの言いたいことは分かった。だがわたしには、一つ忘れていることがあると思うんだが」

「……それは？」

「あのアマゾネスの総大将が、双子だということだ」

「それがどうしたんですか」

「まだ分からないか？　……もし将来あの双子をスズハくんの兄上が娶《めと》った場合、またはそこまで行かなくても恋人となった場合のことだ」

「も、もしそんなことがあっても、わたしは兄さんの唯一の妹なのでその立場は滅茶苦茶《めちゃくちゃ》保証されていて――」

「声が震えているぞ？　まあそうだとしても、あのスズハくんの兄上が妻や恋人より妹を優先するとは思えん。仮にそれらと妹が平等だとしてもだ――スズハくんの兄上におけるスズハくんの立場は、今の三分の一というところだな」

「がーん⁉」

スズハが凄《すご》くショックを受けた姿で立ち尽くす。

ユズリハは「いやお前、そんなの一度も考えたことなかったのか？」というツッコミをなんとか飲み込んで、

「しかし、もしわたしなら立場は半分――アマゾネスの時と比べて一・五倍だ」

「ど、どどど、どうしてそんなことがっ⁉」

「単純な事、わたしは一人だがアマゾネスどもの総大将は双子だからな。つまりわたしにつけば、万が一なにかあってもスズハくんの立場は半分も――」

「ユズリハさんにお味方します」

スズハがきっぱりと言い切った。

裏切ることなど考えられない、ひどく澄んだ眼差《まなざ》しだった。

「そ、そうか……では以後、よろしく頼んだ」

「はい、ユズリハさん。これからわたしたちは同志です」

ガッチリと握手をしながらユズリハは思う。

スズハはしっかりしているようで、ときどき妙なところで抜けている。

これもまた兄譲りなのではないかと――

9

せっかくだからオーガの大樹海に少しだけ入ってみたいと、半分冗談のつもりで言った。

ぼく自身、興味があるのは確かだけれど、何があるか分からない魔物の森に入るなんて反対されるに決まってる。

そう思っていたのだけれど。

ユズリハさんとスズハはあっさり同意して、あまつさえ一緒に来ると言い出した。

「スズハくんの兄上ならば問題ないさ――ああ万一オーガどもに囲まれたら危険だからな、わたしが同行してキミの背中を護《まも》ってやろう」

「兄さんとユズリハさん二人きりなんて危険です。わたしも一緒に行って監視しますから……もちろんオーガをですよ？」

そしてアマゾネスの総軍団長の二人も。

「兄様《ターレン》とともにオーガの大樹海に乗り込む……なんて血湧き肉躍る戦い……！」

「この戦いに参加するアマゾネスは、一族の者から最大の激賞と嫉妬を一手に浴びること間違いなし……！」

「しかし大樹海にアマゾネスが全員で乗り込めばすぐ気付かれるだろう。よってオーガに見つからないようにするには、せいぜい五人が限界……！」

「つまりアマゾネス族から参加できるのは我ら双子のみ……！」

なんだか分からないうちに、両方とも付いてくることになったようだ。

そんなこんなで、ぼくとスズハ、ユズリハさん、それにアマゾネスの総軍団長二人で、オーガの大樹海を偵察しに向かう。

これは決して遊びではない。

たとえ動機がぼくが森の中を見たかったからでも、スズハが嬉々《きき》としてピクニック用のランチボックスを用意しようとしても、ユズリハさんが貴族用の高級茶葉を持ってきても、あくまでこれは偵察なのだ。

＊

オーガの大樹海は昏《くら》かった。

それはただの暗さとは違う。薄暗いというかどこか不気味というか、おどろおどろしい、いかにも魔物の森なのだという暗さ。空気そのものが違うのだろうか。

きっと他のみんなも、そう思っているに違いない――

「兄さん、樹海の中はひんやりして気持ちいいですね」

「オーガの気配もまるでない。木漏れ日も綺麗《きれい》でなんだか幻想的だな、キミ」

――そうでもないみたいだ。

アマゾネスの二人は、不思議そうに首を捻《ひね》りながら歩いている。

こちらは多少の違和感を覚えているみたい。

そのまましばらく歩いてみても、オーガも他の魔物もまったく出くわすことはなかった。

「うーん、どうしようかな……？」

「もうお昼ですか、兄さん？　わたしはもう少し後でもいいかと」

「いやそうじゃなくて」

大樹海に踏み入っていくにつれ、肌に纏《まと》わりつく嫌な雰囲気は薄れるどころかますます濃密になっていくような気がする。

なのにオーガに出くわさない。こんなのはおかしい。

安全第一に考えるなら、ここは一旦引くべきだと思うけれど……

「スズハくんの兄上はなんだか不安そうだな。オーガは初めてか？　だが安心するといい、キミの背中はわたしが預かるのだから！」

「兄様《ターレン》、わたしたち双子も側《そば》に」

「兄様《ターレン》とわたしたちなら、なら、オーガなど恐るるに足らず」

「……えっとじゃあ、もっと奥に入ってみますか……？」

『うむ』

公爵家の令嬢とアマゾネス総軍団長二人は、引くことなど考えてもいないみたいだ。

ならばぼくの嫌な予感など関係ない。

なにしろ三人とも、ぼくなんかよりよほど実戦経験豊富な本職の軍人だしね。

ぼくたちは大樹海の奥へと進んでいく。

そうして歩いている間にぼくは、オーガの基本的な知識についてユズリハさんたちから教えてもらったりもする。

実はぼく、オーガは見たこと無いんだよね。

そうして知識豊富なみんなから、色々と教えてもらえるのは嬉《うれ》しいけれど。

「しかし兄様《ターレン》ほどのお方が、オーガを倒されたことがないとは意外です」

「そ、そうですか……ははは……」

まさか「自分はただの一般人なのでオーガと戦ったことが無くて当然」だなんて言えば、じゃあなぜここにいるという話になるので笑って誤魔化す。

ユズリハさんもアマゾネスの二人も、過去に幾度となくオーガ狩りをしたり、オーガの集落を壊滅させているそうな。頼もしい。

「──キミならば普通のオーガなどは恐れるに足らずだ。だが油断するなよ、オーガには稀《まれ》に希少種というものがいる。たとえばオーガアサシンとかオーガジェネラルとかだな、その点はゴブリンと一緒だ」

「強いんですか？」

「そりゃもう、普通のオーガより遥《はる》かに強い。しかもオーガジェネラルやオーガキングは他のオーガを軍隊のように統率するからなおさら厄介だ」

「なるほど。ユズリハさんもオーガの希少種に出会ったことが？」

「いや、わたしは無いな。アマゾネスの二人はどうだ？」

「……一度だけ。大変な激闘だった」

「同意。あの時、我らが対峙《たいじ》したオーガどもはオーガシャーマンが率いていた。そいつはオーガのくせに幻覚魔法を使い、巧妙に我らを誘い込んで分断を図ったのだ。けれど我らアマゾネスは決して屈せず――」

「――ストップ。ちょっと待って下さい」

「『兄様《ターレン》？』」

ハッとした。

どうして今まで気付かなかったんだろう。

みんなが不思議そうな顔で見てきたけれど、ぼくはそれどころじゃなかった。

「今までぜんぜん気付かなかった。――ぼくが、オーガは魔法を使わないはずだなんて、ずっと思い込んでいたから」

「どうしたんだキミ、オーガシャーマンが気になるのか？　しかしそんなのはレア種中のレア種だぞ？」

「けれどゼロじゃない。ならば、ぼくがずっと感じていた違和感にも納得がいくんです」

「兄さん……？」

「つまり、こういうこと――――ッ！」

ぼくは周囲のなんでもない樹海の風景に向けて、自分の魔力を叩《たた》きつける。

パリン、とガラスの砕けるような音がして、景色に無数のヒビが入った。

その後ろに現れた、本当の光景。

おびただしい数のオーガどもが、ぼくたちを幾重にも取り囲んでいた。

10（ユズリハ視点）

斬っても斬っても、ユズリハの前にはオーガが次々に湧いてきた。

いくらハイクラスの変異種といっても、オーガごときに後れを取るユズリハではない。

けれどみっしりと筋肉の詰まったオーガの巨体を何度も斬り続ければ、当然ながら剣先が重くなってくる。

自分はどうしようもない大バカ者だと、ユズリハは剣を振りながら自嘲していた。

自分たち三人がオーガの大樹海行きを命令されたあの時、ユズリハは激怒したものの、同時に内心どこかで「どうにかなるだろう」と思っていた。

大樹海からはみ出してくるオーガは以前と比べると散発気味で、とくに最近の数年間は拍子抜けするほど少なくなっていることを知っていたからだ。

オーガが昔と比べて大人しくなったのか、はたまた種として弱体期を迎えたのかも――

自分もおそらく隣国も、愚かにもそんなことを考えていた。

その実態はまるで逆。

鍛え上げられた変異種のオーガどもが、虎視眈々《こしたんたん》と力を蓄えて、牙を剝《む》くタイミングをじっと計っていたのだから――！

ただでさえオーガはたった一体で小さな町を滅ぼすほど危険度の高いモンスターだ。

その変異種となれば危険度のレベルが跳ね上がる。

その上この大樹海にいるオーガどもは間違いなく、訓練に訓練を重ねていて、有機的に組織だった戦いを身につけていた。

オーガジェネラルどころかオーガキングですら生ぬるい。

おそらくはオーガキングがさらに突然変異した――王の中の王《キング・オブ・キングス》によって、長年かけて鍛えあげられたのだろう。

「ユズリハさん、呼吸乱れてます！　落ち着いて！」

「んっ、すまない！」

「今は我慢です！　耐えていれば絶対に活路が見えます！」

「ああ、もちろん——！」

スズハくんの兄上は背中に目でもついてるんじゃないか、一瞬真顔で考えたユズリハはすぐに苦笑した。んなわけあるか。

現在、スズハの兄とユズリハたちは背中合わせで、全方向から襲いかかるオーガどもに対峙していた。

その按分《あんぶん》は、スズハの兄が一人で百八十度。

もう半分の百八十度をスズハとユズリハ、アマゾネスたちの四人で分け持っている。

（これがわたしと、スズハくんの兄上の実力差——！）

片方が一人でもう片方が四人。

だから実力差は四倍、なんてことには当然ならない。

考えるまでもなく、人数差を跳ね返すにはその数倍の実力が必要となる。

（自分たちとスズハくんの兄上の実力差は最低でも十倍、いやそれ以上か。スズハくんの兄上が相棒だなんて浮かれていたくせに、わたしはとんだ恥さらしの、情けない女だな。なのに——）

ユズリハが無意識に口《くち》の端《は》を歪《ゆが》めて、

（——なのに、なんでわたしは、こんなに心が躍っているのだろう！）

自分が相棒と決めた男をオーガの罠《わな》に嵌《は》めてしまったことが、死ぬほど無様で。

自分が相棒の実力に遠く及ばないのが、死ぬほど悔しくて。

自分が護《まも》るはずの相棒の背中を四分の一しか護れないのが、死ぬほど情けなくて。

けれど。

それでも。

自分と相棒が、背中合わせで死闘を演じているのが——死ぬほど嬉しくて。

（オーガの数はキリが無い……！　きっとわたしはここで、わたしの相棒と背中合わせで死ぬのだろうな……！）

それも悪くないとユズリハは思う。

いや、悪くないどころか少なくとも自分の死に方としては、これ以上考えられないほど最高じゃないかという気さえする。

巻き込んでしまった相棒には悪いが、天国で未来永劫《みらいえいごう》、専属絶対服従奴隷メイドとして奉仕することで許してもらおう——

「ユズリハさん」

スズハの兄の鋭い声で我に返った。

「ぼくが合図をしたら前後を入れ替わって、二分……いえ、一分だけ持たせて下さい」

「どうする気だ？」

「オーガキングの首を獲《と》ります」

そんなことが可能なのかと思った。

「陣頭指揮をしているオーガキングが焦《じ》れてきて、安全なゾーンからだんだんとこちらに近づいてます。上手《うま》く正体を隠してますが、指示の出る場所と魔力の質は隠せない」

そう言われても、ユズリハにはまるで分からなかった。

スズハやアマゾネスの二人も同じだったようだ。

「オーガキングさえ倒せば指揮は一気に崩壊、あとは単なるオーガの変異種の集まりです。でもヤツは臆病だから狙えるチャンスは恐らく一度きり。そこを逃して奥に引っ込まれて長期戦になれば、ぼくたちの勝ち目は無くなるでしょう」

「うん」

「なのでユズリハさん、頼めますか？」

「ああ。死んでも二分持たせてみせる」

「いえ、一分でもなんとか――」

スズハの兄が反駁《はんばく》する前に、

「キミは最初わたしに二分持たせろと言った。つまりキミは、わたしならそれができると信頼したんだ。だったらわたしは、どんなことをしてもキミの信頼に応えてみせよう」

「……すみません、すごく助かります」

「なにを謝ってるんだ。相棒なんだから当然だろう？」

——ユズリハが後から思い返してみれば。

その時がユズリハの内心を超えて初めて、自分が直接スズハの兄に向かって「相棒」と呼びかけた瞬間だった。

けれどもちろん、そんなことを気にする余裕があるはずもなく。

「ではユズリハさん。任せました」

「ああ、任せろ」

短い返事のやりとり。

そして、その時は意外に早くやって来た。

「三、二、一……今です！」

「はああっ‼」

ユズリハが渾身《こんしん》の気合とともに立ち位置を入れ替わると、スズハの兄の身体《からだ》はオーガに跳ね飛ばされるように、背中の向こうへと飛ばされていった。

もちろんそれが擬態であることは間違いない。

そしてそんなことを、気にしていられる余裕は一瞬もなかった。

（こんなオーガの圧力を——わたしの相棒は受け続けていたのかっ⁉）

単純計算ですら敵の攻撃が四倍になる。

左右から絶え間なく繰り出される、しかもコンビネーションを伴った攻撃を必死で躱《かわ》す。

もうダメかと思った六十三秒後。

死を覚悟したユズリハへの攻撃が、糸が切れたように緩んだ。

オーガキングが倒されたのは明白だった。

（まったくキミってヤツは……これだけ距離が離れているのに、またしてもギリギリで、
わたしの命を救ったというのか……）

わたしの相棒は、ちょっとわたしの命を救いすぎだろう——

そう独りごちたユズリハだった。

11

三日三晩も戦い続けた。一睡もできなかった。

大樹海にいる全てのオーガが、ぼくたちに襲いかかってきたようだった。

それは倒されたオーガキングの、最後の命令だったのかもしれない。

いくら指揮統制を失ったとはいえ変異種のオーガ。

しかもオーガキングの元でおよそ魔物とは思えない訓練を重ねてきたであろう、屈強なオーガどもだ。一体一体を倒すのは可能でも、纏《まと》めて相手をするのは相当厳しい。

さらに言えば、ぼくたちはせいぜい数体ほどのオーガ相手しか想定していなかったので、普通の装備一式しか持っていなかったのも痛かった。


「……わたしは……生きてる、のか……？」

最後の一体のオーガを倒した後にぶっ倒れて、そのまま糸が切れたように気絶していたユズリハさんが、目を覚ました時の第一声がそれだった。

自分を抱きしめているぼくの姿を認めると、ユズリハさんは何度も目をパチパチさせて。

「いや違う。キミの逞《たくま》しい腕の中で、優しく抱きしめられているということは——そうか、ここが天国か。もしくは死ぬ直前の走馬灯か」

「現実です。えっとすみません、治療で魔力を流すためにユズリハさんの服を脱がせて、抱きしめさせてもらいました」

「いや、誤魔化さなくていい。今までずっと孤独だったわたしが、最期《さいご》に相棒の腕の中で眠る――こんな夢のように幸せな死に方を、走馬灯とはいえ叶《かな》えてくれたのだから」

「だから現実ですってば」

「いいんだ、そんな慰めは必要ない。本心だ。だがあえて付け加える点があるなら――」

「う、うぷっ⁉」

「ふふっ、これでいい。――わたしは相棒の顔を、一度で良いから胸の谷間で思いっきり抱きしめてみたかったんだ。そうしてキミに、隣にいるわたしが実は立派に成熟した女で、相棒のキミと子供を作りたくて仕方ないんだぞって気付いてもらって、」

「あのその、ユズリハさん……？」

「結婚式は神前、子供ができたら夫婦で剣を教えよう。新居の庭には結婚記念日に植えた桜が一面にあって、いつか爺《じい》さんと婆《ばあ》さんになっても二人縁側に座って、毎年桜を眺めるんだ。それで、それで、――――すぅ」

そこまで言って、ユズリハさんは再び眠りに落ちた。

なにしろ一睡もできず三日間戦い抜いたのだ。

ぼくの素人《しろうと》治癒魔法もなんとか上手くいったようだし、たっぷり眠ってもらったほうが回復も早いだろう。

「……それにしてもユズリハさん、やけにテンション高かったような……？」

三日三晩も戦闘でずっと興奮し通しだった影響なのか、それともぼくの素人治療魔法が未熟なせいか。

ユズリハさんはぼくのことを相棒だなんて呼んでみせたばかりか、豊満すぎる胸元で抱きしめて、夢見るように愛を語ってみせたのだ。

もしくはスズハにその昔聞いた、吊《つ》り橋効果というやつかもしれない。

なんでも自分が死にかけたりした時に、近場にいる異性が魅力的に見えるんだそうだ。

「……目が覚めたら忘れてるよね……？」

なにしろ意識朦朧《もうろう》としてたとはいえ、ただの平凡な平民のぼくに、公爵家の直系長姫でかつ国の英雄でもあるユズリハさんが、愛らしきことを語ってしまったのだ。

もしも目覚めたときに記憶があったら、激しい後悔に苛《さいな》まれること請け合いである。口封じに殺されるまであるかもしんない。

「まあユズリハさんだし、そんなことは無いと思うけど……ぼくは絶対に、知らないフリしてないとマズいよね……」

まあいいか、と気持ちを切り替える。

「そんなことよりスズハとアマゾネスの二人も治療して……すぐには死なないはずだけど、

このままだと砦《とりで》に帰るまで生きてられないもんね……」

その後、スズハたちにもユズリハさんと同じような妄想だか幻覚が襲ったようで。

ぼくは頭部を自分の妹や男嫌いのアマゾネスに豊満な胸の谷間で挟み潰されながら愛を語られるという、世にも珍しい体験をしたのだった。

ちなみに。

目を覚ましたユズリハさんはどうやらバッチリ記憶が残っていたらしく、ぼくを見ては顔を赤くしたり青くしたりしていた。

ぼくが何も知らない聞いてない、という態度を貫いたのは言うまでもない。

12（トーコ視点）

ある深夜、疲れ切ったトーコがサクラギ公爵家の書斎を訪れると、そこには同じように疲れ切った顔の当主がいた。

「こんばんは──……ってそっちも大概みたいね？」

「まあな」

ほんの数日前、衝撃的すぎるニュースが大陸を震撼《しんかん》させた。

オーガの大樹海における、極めて精強に組織化された魔物軍の存在。

幻覚魔法でカムフラージュされた大樹海の奥で、国をも滅ぼす魔物の大軍団が組織され、人間社会へ侵略する機会を狙っていたこと。

そしてその魔物軍を——たった五人の精鋭が完膚なきまでに粉砕せしめたこと。

「我が公爵家でも探りを入れているが、軍の最高幹部どもは上を下への大騒ぎらしいな。あの阿呆《あほう》ども、なんとか魔物軍の殲滅《せんめつ》を自分の手柄にしようと画策しているようだ」

「はあっ⁉ なによそれ！」

「どうやら自分たちは魔物軍の存在に最初から感づいていたので、あえてユズリハたちを派遣した——というストーリーに仕立てたいらしい」

「いやいやそれって不可能すぎるでしょ⁉ もしも仮に、オーガの大樹海にあんな激ヤバ魔物軍が組織されてたなんて知ってたのに国王にも隣国にも黙ってたなんてことになったら、それこそ一族全員皆殺しレベルの超絶裏切りだからね⁉」

「全くだな」

「その上それだと、派遣したアホどもはスズハ兄たちを滅茶苦茶《めちゃくちゃ》評価しまくっていたってことにもなるでしょ！ それが結果的には事実だったとしても！」

「その通りだ。しかし連中はこの期に及んでも、ユズリハやあの男の能力を認める気など無いようだがな」

「そりゃまあ、ユズリハは当然としても、スズハもスズハ兄もみーんなサクラギ公爵家が唾付けてるもんね！　実力を認めちゃったら、公爵家の権勢が圧倒的になりすぎるとでも思ってるんじゃないの？」

「愚かなことだな」

「だよねー。自分たちが認めようが認めまいが、事実は変わらないってのにさ！」

まったく軍のアホ連中ときたら、などとトーコがぷりぷり怒る。

優秀な軍人が前線に出て戦死し、もしくは政治力で敗北させられ脱落していった結果、現在の軍最高幹部は上へのゴマすりと下への恫喝《どうかつ》ばかりが優秀な、いわばクズ幹部揃《ぞろ》いになってしまった。

それでもユズリハを筆頭とする最前線部隊が優秀すぎるため戦場では勝利に勝利を重ね、それがまた司令部の腐敗を増長させるという悪循環。

ユズリハ曰《いわ》く、わざと負けてやろうかと思ったことも一度や二度ではないらしい。

けれど、自分が手を抜けば抜くだけ周りにいる兵士の死ぬ人数が増えるような状況では、どうしても手を抜けなかったのだとも。

「それで、王族の動きはどうだ？」

「こっちも似たようなもんかな。第一王子も第二王子も、主導権を握る切り札になんとか魔物軍殲滅を、自分の手柄に使えないか躍起になってるよ」

「愚かなことだ。切り札を得たいならあの男を手に入れるのが一番簡単だろうに」

「そんなことすら分からないから、低レベルの争い続けてるんでしょ？　とはいえ、もしスズハ兄に手を出そうとしたらボクも本気でぶっ潰すけどね！」

「当然だな」

「でもあのアホな兄どもも、この数日掛けてようやく、手柄を横取りするのは不可能って気付いたみたい」

「強引に手柄を捏造《ねつぞう》しようとしなかっただけまだマシか」

「いや、最初は捏造しようとしたんだよ。けど隣国から正式な声明が出ちゃったでしょ、アレひっくり返すのはさすがに危険すぎるって観念したみたいだねー」

そう、隣国の対応は素早かった。

事実確認後すぐに声明を出したとしか思えない素早さで、全世界に向けて今回の事件について細部にわたるまで公表したのだ。

それも全面的にこちらの国を立てる形で。

大半のアホ貴族どもはその上辺だけ受け取っているが、頭の回る少数派はたとえそれが事実だとしても、どうして自国の功績や軍事力をアピールする絶好の機会を捨てたのかと訝《いぶか》しんでいる。

トーコにはその理屈が分かる。

あの国は別に、自分たちをアピールする機会を捨てたつもりなんて毛頭ない。

アマゾネス族の頂点に立つ兄様《ターレン》がたまたまこちらの国の所属だった関係で、兄様《ターレン》であるスズハの兄を激賞しまくった結果、こちらの国を立てるような形に見えるだけだ。

トーコがほうと息を吐いて、

「まあなんにせよさ。ユズリハやスズハ兄たちが無事で、本当に良かったよ。今回の件はスズハ兄を一代貴族にする功績としても十分すぎるし、最初に聞いたときはビックリして死ぬかと思ったけど結果的には良かった——」

「それはどうかな？」

「……なんでさ？　さすがに今回の件はアホ貴族どももウチのバカ兄たちも、スズハ兄の功績を無視できないでしょ？　ていうかもしそんなことしたなら、怒り狂ったユズリハに八つ裂きにされるか、領地にマジギレしたアマゾネスが攻めてきて全滅するか——」

「ところがだ。我が家の諜報《ちょうほう》部によれば、軍の一部は今回の一件について別の利用方法を考えたようだぞ」

「え……？」

「有耶無耶《うやむや》のまま今回の功績を無理矢理自分の手柄にするには、一体どうすればいい？　答えはより大きな功績の一部だと誤認させればいい。卑劣だが有効なやり口だな。そして残念なことに、奴《やつ》らはそれに必要な口実を、今回の魔物軍殲滅によって手に入れた」

「ちょ、ちょっと待って冗談でしょ⁉　それって一体何をやろうとしてるのよ⁉」

公爵家当主が、冗談など一ミリも入っていない顔で返事をした。

「侵略戦争だ」

5章　侵略戦争ときな臭い日常、そして

1

ぼくが知る限り、国に帰る途中のユズリハさんはたいそう上機嫌だった。

誤解を恐れずに言えば、何故《なぜ》かは知らないが滅茶苦茶浮かれまくっていた。

ぼくに話しかけてくる内容も、まあ景気のいいものばかりで。

「キミもこれで、めでたく貴族の一員だな！」

「いやいやいや。オーガを退治したくらいで貴族になれるはずないでしょう？」

「ふふっ。そう言っていられるのも今のうちだけだぞ？」

だの、

「キミが一代貴族になるということは、後見は当然我が公爵家ということになるわけだ。これから縁談が山のように来るに決まってるが、キミの分については絶対に全て断ること。スズハくんの分も基本的には断れ。いいな？」

「ええっと……？」

「キミたちの縁談は我が公爵家が、将来にとって最高の結婚相手を用意すると約束しよう。そ、その……ひょっとしたら、わたしのようなガサツな女が宛がわれるかもしれないが、そのときは諦めてくれ……！」

だの、

「今度の凱旋《がいせん》パーティーの衣装はどんなものがいいだろうか？　もちろん、我が公爵家が後見していることを強調するため、キミの服とわたしのドレスはデザインを統一するのは前提条件となるだろうが」

「待ってください。ぼくは平民なので、パーティーなんて前回だけで十分すぎますから。それに万が一出ることになっても、衣装はこの前のパーティー用に作っていただいたのがありますし！」

「キミの謙虚さは美徳だが、圧倒的戦果をアピールするためには衣装の新調は必須なのさ。……そうだ！　わたしとキミが背中合わせで戦い抜いたことを示す、画期的なデザインを思いついたぞ……！」

だの。

しまいには、

「――ズバリ聞くが、キミは巨乳派だろうか、それとも貧乳派だろうか？」

「突然なに言ってるんです⁉」

「こ、これは大事なことなんだ！　わたしが今までの軍隊生活で学んだことだが、男には巨乳派と貧乳派の二通りがあるそうじゃないか。見ての通りで、わたしの胸は幼い頃から過剰すぎるほど発育し続けて今では頭より大きい。だからキミが巨乳派なら、邪魔でしかなかったわたしの乳房もここまで膨らみまくった甲斐《かい》があるというものだが、もし貧乳派だというならば……」

「ならば……？」

「キミが貴族になるこのタイミングで、いっそのこと乳房を根元から斬り落とすべきかと思案している……！」

「わ、わーいっ！　ぼく巨乳大好き！」

──なんていう風に、最後の方は多少のエロトークまで交えるフレンドリーっぷりで、もし今後ぼくが貴族になったらどうするか……なんて妄想トークを炸裂《さくれつ》させていたのだ。

ぼくとしても、会話の内容は微妙でも自分がやたら褒められているのは間違いないし、妙にご機嫌のユズリハさんに水を差すのも気が引けたので、多少引きつりながらも相槌《あいづち》を打ったりしていたのだけれど。

ところがである。

国に帰った翌日、公爵家で出迎えてくれたユズリハさんは不機嫌の極みにあった。

「ど、どうしたんですかユズリハさん……？」

「どうしたもこうしたもあるか！　――ああすまない、こんなのキミのせいじゃないのに。わたしはまだまだ未熟だな」

「いえ、それはいいんですが」

「昨日はあまりにも腹が立ったので、つい公爵家の私兵を緊急招集して、深夜まで訓練を付けてしまったよ。はは……」

ユズリハさんは自虐的に言うが、災難なのは緊急招集させられた私兵さんたちだろう。意外にブラックな職場なのだろうか。

とはいえユズリハさんの名誉のために付け足すと、ごく稀《まれ》にあるというユズリハさんのストレス発散目的の特訓は意外にも私兵たちに大好評で「普段は澄ましたお嬢様の素顔が見られる絶好のチャンス」「全力で動いてくるので乳揺れがダイナミックに観察できる」「お嬢様に踏まれたい」などと言われているのだとか。それはともかく。

ユズリハさんに連れられて公爵家当主の書斎に入ると、ぼくを待っていたらしい公爵が厳かに口を開いた。

「――お前が活躍しすぎたおかげだな。我が国は近い将来、戦争を始める」

2

最近、野菜が高くなった。

戦争の気配が強くなると、王都のものはなんでも高くなる。一番は野菜で二番目が魚。

困ったもんだと頭を掻《か》いた。このままじゃ予算オーバーだ。

「戦争かあ……」

サクラギ公爵家にて予告された数日後のこと。

王家と軍部は、これまでにない大規模遠征計画を発表した。

隣国に対する侵略戦争。

ちなみに隣国というのは、ぼくたちがアマゾネスと共同戦線を張ったサリンドーアマン帝国とは別の、南西に広がるウエンタス公国で。

豊富な食料生産を背景に富と軍事力を蓄える、大陸随一の国家と言われている。

家に帰って予定より一ランクほどダウンした夕食の準備をしていると、ユズリハさんを連れたスズハが帰ってきた。

「やあスズハくんの兄上、お邪魔するよ」

「いらっしゃいませ。ユズリハさんも夕飯食べますか？」

「いただこう」

ユズリハさんは神出鬼没なので、最近の我が家では夕食の材料を買うとき材料を三人分買うことにしている。

一度だけユズリハさんの分が用意できなかった時、それはもうもの凄《すご》く悲しそうな顔をされてしまったのだ。まるでこの世の終わりみたいな。

「ところでスズハくんの兄上、今日の晩ごはんはなにかな？」

「秋刀魚《さんま》一本と油揚げですよ」

「ううむ秋刀魚か……それはなかなか魅力的だが……」

「兄さん。運動後のわたしたちには、少しばかり量が足りないのでは？」

「なら豚汁もつけようか」

「「わあぃ」」

スズハと一緒になって喜ぶユズリハさんは、とても公爵令嬢には見えない。

＊

夕食を食べ終わって鍛錬もすべて終えると、ユズリハさんが公爵邸に帰るまでの時間、二人がぼくに今日あったことを話してくる。これもまたいつものことだ。

「兄さん、学園もう戦争一色です」

「ひょっとしてスズハたちも遠征するの？」

「いいえ、わたしとユズリハさんは学園に残る予定です。ですがそれ以外の殆《ほとん》どの生徒は遠征組ですね」

王家はこの戦争の意義を『祖先が奪われた土地を、我々に取り戻すための聖戦である』とかなんとか言ってるけど、実際は単なる侵略戦争であることを誰もが知っている。

有史以来あらゆる侵略戦争は自衛の名の下に行われたというのはユズリハさんの言葉だ。

「兄さん、少し失礼します」

スズハがトイレに立ってユズリハさんと二人になる。

この機会に、ぼくはここ最近の悩みを聞いてもらうことにした。

「ユズリハさん。スズハには内緒で、ちょっと相談があるんですが」

「なにっ、二人きりの秘密の相談か⁉　なななんだ、なんでも言ってくれ！」

「ありがとうございます。もうすぐスズハの誕生日なんですけどね」

毎年スズハの誕生日には兄妹《きょうだい》でささやかなパーティーをして、スズハの好きな食べ物を並べる。そしてプレゼントを渡すのだけれど。

「去年までのスズハは強くなることしか興味のない子だったので、それに関連するものをプレゼントすればよかったんですよ。新品の木刀とか鉄アレイとか」

「それは兄が妹に渡すプレゼントとして、かなり異質なような……？」

「ですがスズハも王立最強騎士女学園に入学しましたし、ぼくには言いませんが気になる男友達の一人もいるでしょうし。兄のぼくが言うのもなんですけど、スズハって客観的にかなり可愛《かわい》く育ったと思うんです」

「まあ確かに、スズハくんの人気は凄《すさ》まじいな。とは言ってもスズハくんは隣接している騎士学園の男子などに声を掛けられても、石ころ程度の認識しかしていないと思うが？毎日ラブレターを貰《もら》っていても返事をしたことなど一度も無いと言っていたし……」

「ひょっとしてぼくに内緒で、ボーイフレンドがいるかも」

「それだけは神に誓ってあり得ない」

なぜかユズリハさんに否定されまくりだけど、それはともかく。

「なので今年は、普通に妹にあげるようなプレゼントをしたいんですけど、ぼくには何がいいのか分からなくて。それでユズリハさんに相談しようと」

「ふむ。そういうことか……」

ユズリハさんが腕を組んでしばらく悩んだ後、なぜか突然顔を赤くして、

「そ、そういうことなら今度、二人でプレゼントを買いに行くか？」

「いえそんな。悪いですよ」

「そそそ、そんなことはない！　わたしだってスズハくんにプレゼントを買いたいし――それにこれは、断じてデートなどではないのだから！」

その後、なんだか強引に押し切られた結果、ユズリハさんと二人でプレゼントを買いに行くことになった。

それにしても、あんなに熱心にプレゼント選びを付き合ってくれようとするだなんて、ユズリハさんは本当にいい人だなあ。

3

日曜日、ユズリハさんと一緒に買い物へ向かう。

なんでもスズハは騎士女学園で急に泊まり込みの作業ができたらしくて、今日の夜まで帰ってこない。なのでスズハにばれる心配なく、じっくりプレゼントを選べるのだった。

「女子へのプレゼントといえば、アクセサリーが定番だろう」

というユズリハさんに従って、王都の中でも高級な地区に足を踏み入れる。

いわゆる貴族街というやつだ。

お店のチョイスをユズリハさんに任せた以上、ここは仕方ない。

「騎士になればいつ命を落とすかも分からん。だからいつでも身につけられて、戦場でも手放さずに済むようなものを贈れば喜ばれるだろう」

「でもアクセサリーなんて、戦闘中は邪魔になるのでは？」

「邪魔にならないものを選べばいい」

「それはそうですね」

ユズリハさんに案内されたのは、いかにも超高級なアクセサリーショップだった。

外からは宝石店にしか見えなかったのは秘密だ。

「……すごく高そうです……」

「なに、品物を選べばそれほどでもないさ。なんなら出世払いで貸してもいいぞ？」

「臨時収入があったので大丈夫かと」

実は最近、大樹海でオーガを殲滅《せんめつ》したことへの報奨金を貰った。

貴族でも兵士でもなく、スズハやユズリハさんのオマケで付いていっただけのぼくにも報奨金をくれたのだ。

そのことを最初に聞いた時、反射的に断った。なんか面倒そうな予感もしたし。

けれどユズリハさんに「もしここでキミに辞退されると、話がさらにややこしくなる。だから受け取れ」などと謎の説教をされて、結局受け取ることになったのだった。

というわけで今のぼくには、ちょっと高めのプレゼントを買う余裕くらいある。

庶民丸出しのぼくが店の中に入っても、店員さんが笑顔で会釈《えしゃく》してくれた。

不審な平民として見られないあたり、事前に話はつけてくれてるみたいだ。

「ではキミ、まずは一人で選んでみるといい」

「えっ」

「わたしが最初から口を出すと結局、スズハくんのプレゼントをわたしが選んだみたいになってしまうからな。いくつか候補を絞ったら声を掛けてくれ」

そう言うと、ユズリハさんは慣れた様子で向こうのショーケースの方へ行ってしまった。

どうやらお目当てのものがあるらしい。

でも困ったな。

一品一品がショーケースに入ったアクセサリーばかり、説明書きも値札もついてないし、そもそも見当の付けようが——

「お客様、今日はどんなものをお探しですかな?」

ああそうか。店員さんに相談すればいいのか。

声を掛けてきた老紳士然とした店員さんに、妹の誕生日プレゼントであることと予算を伝えると、店員さんはなるほどと頷《うなず》いて。

「でしたら髪留めなどいかがですかな? 宝石で飾ったものや珊瑚《さんご》細工のものなど、各種ご用意がありますぞ」

「えと、繊細で壊れやすいものはちょっと。妹は王立最強騎士女学園の生徒でして」

「左様でございましたか。——では、このようなものはいかがですかな?」

そう言って店員さんが持ってきたのは、一見すると何の変哲も無いゴムの髪留め。

もっともゴムは南方大陸の特産品なので、それだけで庶民にはちょっと手が出しにくい価格になる。だから、例えば女性がゴム紐《ひも》のパンツを穿《は》いているのは、ある種の富裕層のステータスになるのだ。

残念ながら我が家は庶民なので、スズハのパンツは全て紐パンである。

「こちらは一見ただの髪留めですが、使い捨ての防御魔法が付与されておるのです」

「へえ？」

「致命的なダメージを受けた時に、ただ一度だけ身代わりになってくれましてな。そしてダメージを受けきった後、ゴムは切れてしまうのです」

「凄い！」

「……というのは売り文句で、実際はダメージを僅かに緩和するだけですが」

「そうなんですか……」

「なので、実際には気休めですな。とはいえ持っていて困るものでもなし、貴族が戦いに出るときには大抵、この魔法が付与されたものを御守《おまも》り代わりに持って行きますぞ」

「なるほどです」

「こちらの髪留めなら、戦場でも邪魔になることはないかと」

「そうですね」

「ちなみに、お値段は――」

聞かされた金額は、庶民の髪飾りとして考えるとちょっと驚くような値段だったけれど、使い捨ての魔道具として考えればそこまで高くはなかった。

オーガの大樹海での報奨金を合わせれば、無理せずとも二つ買えるくらいだ。

そこまで考えて、ふと閃《ひらめ》いた。

「この髪留め、在庫はもう一つありますか？」

「ふぉっふぉっふぉっ。さては、妹君はツインテールですかな？　わたくしめも大好物でございますぞ」

「いえ違いますが」

「隠さずともよろしゅうございますとも。ご安心くだされ、これと全く同じ髪留めがもう一つございますでな」

「だから違いますって」

「こんなこともあろうかと、同志のために隠しておいた最後の一品……ですが、お客様の妹君のツインテールのためなら、出し惜しみはいたしませんぞ！　お値引きも些少《さしょう》ながらいたそうというもの！」

「聞いて下さいよ！」

とはいえ値引いてくれるなら有難《ありがた》い。

結局ぼくは、初老のツインテールマニアの店員さんから髪留めを二つ買った。

＊

　買い物を終えてユズリハさんに声を掛ける。

「もう終わったのか？」

「ええ、いいものが見つかったので」

「それなら良かった……だができればキミと一緒にプレゼントを選ぶ、いわゆるお買い物プレイをしたかったのだが……」

「ユズリハさん？」

「い、いや！　なんでもないぞっ！　で、なにを買った？」

「髪留めを二つ」

　買った髪留めを見せると、ユズリハさんがなるほどと頷いて。

「これなら戦場でも身につけられるし、少ないながら防御魔法の付与もあるからな。だが、わたしはスズハくんのツインテール姿など見たこともないが……？」

「だから違いますってば」

　ぼくは髪留めを一つ、ユズリハさんに渡して言った。

「これはユズリハさんへ。いつもお世話になっているお礼です」

「な、ななな⁉　なにっ――⁉」

「いつもスズハやぼくを助けてくれて、本当にありがとうございます」

「しょ、しょんなっっ⁉　わわわたしの方こそキミにはいつも助けて貰ってばかりだ！　もう何度も命を助けられて、どうやっても絶対に、一生返せないほどの恩があるし！」

「なに言ってるんです。戦場で助け合うなんて当然じゃないですか」

「そ、それにキミにとっては、この髪留めだって安くないだろう！　そんな大切なものをわたしなんかにポンとくれてはダメだ！　わたしは先祖代々伝わる防御石を持っているし、これはキミが持つべき――」

「あ、そうか。ユズリハさんなら、こんなものより強力な魔法のかかった逸品を持ってて当然ですもんね。じゃあお礼はまた今度ということで……」

「――と思ったが気が変わった」

「ふぇ？」

一旦引っ込めたぼくの髪留めを持つ手を、ユズリハさんががしっと引き留めた。

「なあキミ。せっかくだから、わたしたちの御守りを交換しないか？」

「……はい？」

「キミはわたしにその髪留めをプレゼントする、わたしはキミに防御石をプレゼントする。――戦場で真《しん》に実力を認め合った戦友たちが、身につける品を交換するのはよくある話だ。ならば我々もそうしようじゃないか」

そしてユズリハさんが胸の谷間から引きずり出したペンダントは。

なんとまばゆいほどの輝きを放つ、特大のエメラルドだった。

「これがわたしの防御石だ、受け取ってくれ。そしてキミの髪留めをわたしに——！」

「ちょっと待って下さいよ！　その交換、価値が違いすぎますよねえ⁉」

「戦場で認め合った二人にとっては、品物の市場価格など些細《ささい》なことに過ぎない……べ、べつにわたしは、キミからプレゼントを貰《もら》う千載一遇のチャンスを逃すまいとして、我が家に伝わる家宝の防御石を強引に押しつけようとしてるわけじゃないんだからな！か、勘違いするな！」

「そんな勘違いするわけないでしょう⁉」

「そ、それともキミは……わたしのことを防御石を交換するに値しない女と、そんな風に思っているのだろうか……？」

「なに唐突に落ち込んでるんですか⁉　ああもう、はいこれどうぞ！」

「あ、ありがとう……！」

ぼくが髪留めを渡すと、ユズリハさんがキラキラした目で受け取ってくれた。

喜んでくれたみたいでよかった。

代わりにバカでかいエメラルドを押しつけられたけど、これはいい頃合いを見計らってサクラギ公爵家の当主に返しておこうと心に誓った。

4（公爵視点）

深夜、サクラギ公爵家を訪れたトーコの第一声は、公爵にとって真《しん》に驚くものだった。

「……ちょっと待て。今なんと言った？」

「そういう風に聞き返したくなる気持ちはすっごく分かるんだけどね、これは事実なの。番頭が動いた。ていうかボクに会いに来たんだってば！」

「確認するが番頭というのは、あのキングメーカーのことだろうな……？」

「当然でしょ！　でなきゃボクだってクソ忙しいのに、超緊急でここまで来ないよ！」

――この国の商人たち、つまり経済界は番頭と呼ばれる人物に支配されている。

その人物は目立つことをよしとせず、決して表舞台には登場せず、それと分かる行動を起こすことすらごく稀《まれ》だ。

ゆえに、その存在すらほとんど知られていない。

けれど、ごく一部の貴族のみが知る、間違いない事実がある。

番頭がひとたび命令すれば、あらゆる大商人が奴隷のごとく忠実に従うこと。

番頭が底知れない、恐らくは王家すら凌駕《りょうが》する財力を保有していること。

そして。

「そうか……キングメーカーがついに動いたか……」

「そういうことだね」

この五十年間で、番頭が動いたと囁《ささや》かれているのは過去に三度だけ。

それらはいずれも、次代の王を決める、もしくは王を交代させようとした争いにおいて。

その全てにおいて、番頭のついた陣営が勝利し、王となった。

ゆえに番頭は、キングメーカーとも渾名《あだな》されている。

「……勝った、な」

最終的な勝利を確信して王女陣営に与《くみ》した公爵だが、番頭の存在は今まで喉奥に刺さる小骨のように引っかかっていた。

番頭は公の場に姿を見せないし、声明も出さない。

それはつまり、第三者からはどの陣営に番頭がついたのか確認できないということで。

もっとも、あの第一王子や第二王子が万一にも番頭の支持を得ればその性格上、即座に喧伝《けんでん》するはずであり、それがない以上は今回の玉座争いにおいて、番頭は中立の立場だと推測されていた。

けれど所詮、推測は推測にすぎず。

公爵はなんとか番頭と連絡を取れないかと何度も試みて、全て失敗していたのだが。

「キングメーカーが挨拶をしたということは当然、お前につくということだ」

「……うーん。それなんだけど、ちょっとね……」

「どうした？」

当然の確認をしたつもりの公爵だったが、予想外の返事に眉を顰《ひそ》める。

一方のトーコも難しい顔で、

「それがさあ、番頭にこう言われちゃったのよ。『今はお前の側につくが、お前の味方になったわけではない』ってさ」

「……どういう意味だ？」

「ボクもそう聞いたよ！　そうしたらあのジジイ、なんて言ったと思う？『そんなことも分からぬ小童《こわっぱ》だから、今までお前を選べなかったのだ』ってさ！　……ねえ、これってばどうゆうこと？」

「……ううむ……」

公爵が唸《うな》る。

まったくもって意味が分からない。

確かなのは、番頭が完全にこちら側についたと考えるのは時期尚早ということか。

「ってそういえば、今日ユズリハは？」

「あの娘は自室にいる」

「どうして書斎に連れてこないの？」

「どうせ今日は使い物にならんからな」

「どうしてさ」

「――昼間、あの男と買い物に出かけたのだ。帰ってからはずっとニヤニヤしっぱなしで、何時間も手元の安い髪留めを見ては愛おしそうにしておるわ」

「……それ、スズハ兄からプレゼントでもされたのかな？」

「それ以外に考えられまい。護衛の報告もそうなっておる」

「う、羨ましい。ボクもスズハ兄からのプレゼント欲しい――あああっ⁉」

トーコの突然の大声に、公爵が顔を顰めた。

いくら書斎が防音になっているとはいえ、トーコの訪問は極秘事項である。

ただでさえ深夜は音が響く。防音だから大声を出していいというものではない。

「やかましいぞ。一体どうしたというのだ？」

「ごめんっ。でもボクさ、ここに来るまでずっと考えてたんだよ。――どうして番頭が、今になってこっち側についたのかって」

「……ふむ」

トーコの言うことは一理ある。

なんでもそうだが、協力だの味方するだのというのは早いうち、大勢が固まっていないうちに表明するほど貢献度が大きい。

それが次期国王争いともなればなおさらだ。

そして番頭ほどの切れ者ならば、味方すると計算が立ったなら最速で名乗りを上げると考えるのが当然である。

「ねえ公爵、考えてみてよ。ボクたちがここ最近、手に入れたカードって？　ボクたちの未来が変わるターニングポイントはなに？」

「決まっている。オーガの大樹海での討伐劇だ」

「そう、ボクもそう思ってた。あの大陸全体を揺るがす大討伐劇で時代の流れが変わった。バカ王子二人が無茶な遠征計画を立てた。だから番頭はこっちについた、そう思ってた」

「そうだ」

「……でももし、そうじゃなかったら？」

「それ以外になんの可能性がある？」

「例えばだけど、スズハ兄の存在を、もしくは強さとか影響力を知ったから……とか」

「…………」

公爵の背中にじっとりとした汗が滲《にじ》む。

オーガの大樹海での討伐劇は現在、国内を揺るがす大変な話題となっている。

大樹海の奥で大陸の人類が皆殺しになるレベルの魔物軍が組織されていたこと。

それを殺戮の戦女神《キリング・ゴッデス》と渾名されるユズリハを筆頭とした、五人の若者が壊滅させたこと。

隣国、中でもとくに孤高の集団とされるアマゾネスたちと、友好関係を築いたこと。

公爵は知っている。

――それら全ての出来事は。

たった一人の青年がいなければ、決してなし得なかったということを――

「ボクが思うにさ、番頭はスズハ兄とどこかで接触したんじゃないかな?」

「……そんな報告は受けていない」

「間違いない? そう考えると、全てのつじつまが合うんだけど?」

「ユズリハも、護衛もそんな話は一切していなかった。そもそも買い物に出たと言っても、娘が貴族街にある王室御用達《ごようたし》の店に連れて行ったようだからな。あの男に接触したのは、ユズリハの他にはアクセサリーショップの店員くらいしかおらん」

「そっか。じゃあその線は違うかな――」

「違うだろう。なにしろ話によれば、あの男は初老の店員に髪留めを選んでもらいながら妹の髪型について語り合っていたらしい」

公爵のなにげない言葉に、トーコの全身が固まった。

「――それだよ」

「なに？」

「ユズリハの連れて行ったってお店はボクだってよく知ってる。上質な魔力の付与されたアクセサリーショップなんて、王都に一軒しかないからね」

「それがどうした？」

「だからボクも知ってるんだけど、そのお店は若い女性の店員しか採用していないんだよ。あくまで魔道具屋じゃなくアクセサリーショップだっていうオーナーの強いこだわりで、どんな上級貴族が店員希望でやって来ても、男は門前払いなんだ」

「……それは、間違いないのだろうな……？」

「当然。それが原因で、王女のボクが貴族間の仲裁に入ったこともあるんだから」

初老の店員は男性だったと報告を受けている。

ならば上級貴族ですら不可能なはずの店員に扮《ふん》し、接客をした男とはつまり――

「そうすると、その店員が番頭だと――？」

「きっとそうだよ。番頭はスズハ兄に接触して答えを出した。だからボクたちについた。

うぅん、そうじゃない――」

トーコはかぶりを振って、

「あの番頭の言い草だとボクたちじゃなくて、スズハ兄の味方についたって感じ……？」

「どちらでも同じだ」

「今はね。でももしスズハ兄が、バカ兄のどちらかについた時には、番頭は――」

「意味の無い仮定だろう」

公爵が断じる。

そう、現在の状況とあの男の性格を加味して考えた場合に、あの男が王子のどちらかに付く可能性は限りなくゼロだ。

「問題はその後だな」

「そう？」

「当然だろう。万が一、あの男が王位を欲《ほっ》したとすれば――」

「その時には王位くらいあげるよ？」

「……なんだと？」

「スズハ兄は多分この国で最強だし、バックには番頭もアマゾネスも、なんならスズハにユズリハまで付いてるし。それにスズハ兄が統治すれば善政を敷くだろうし、対外戦争は無敵だろうし。ならボクが女王で居続ける理由なんて、どこにもないかなって」

「それはそうかもしれないが……しかし……」

貴族的な価値観では到底あり得ない、王位をあっさり放棄するというトーコの宣言に、公爵が目を白黒させる。

もちろん今の言葉は、紛れもないトーコの本音だ。

けれどトーコとて、心の内を全て明かしたわけではない。

(もっともスズハ兄が王様になるならボクと結婚するのが一番手っ取り早くて穏当だから、ユズリハには泣いてもらうことになるけど……仕方ないよね?)

王族は平民と結婚できない。それがこの国の法であり伝統だ。

けれどもし、結婚の瞬間に女王がその身分を捨てるのだとしたら。

婚姻を禁止する法など、どこにもないのだから。

5

魚の値段が大幅に上がった。野菜も相変わらず高い。

国を挙げての大戦争は、我が国の軍隊が連戦連勝を続けていると伝えられている。

商人の様子を観察する。ニコニコ顔の商人、顔色の悪い商人、密《ひそ》かに夜逃げの準備などしている商人。彼らの態度は言葉よりよほど雄弁だと思う。

そうして王都の中を観察していたぼくは、やがて一つの結論に至った。

本日の夕食は天ぷら蕎麦《そば》。

無言でがっつくスズハと、その横で当然のように蕎麦をたぐるユズリハさんに向かって、食べながらでいいから聞いてほしいと前置きした。

「近い将来、この国でクーデターが起こる可能性が高いと思う」

「ぶぶ――――っっ⁉」

ユズリハさんが噴き出して、口の中の蕎麦と蕎麦つゆが盛大に飛び散った。

「はいユズリハさん、この布で拭いてくださいね」

「あ、ありがとう――ってそんなこと今はどうでもいい！　どうしてキミはっ、そのことを知っているんだ⁉　どこから聞いたっ⁉」

「聞いたってなにをですか？」

「決まってる！　サクラギ公爵家主導の、王女派クーデター計画についてだ！」

「……ユズリハさん？　語るに落ちるとはこのことですよ？」

スズハがジト目でユズリハさんを見た。ぼくもその意見に全面賛成である。

けれどユズリハさんは開き直った態度で、

「スズハくんたちには元々、直前で打ち明けて協力してもらうつもりだったからいいんだ。それよりこの段階で計画が漏れている方が、よっぽど問題だからな。それでスズハくんの兄上は、どこからクーデター計画を聞きつけたんだ？」

「いえ、どこからも聞いてませんが」

「……は？」

狐《きつね》につままれたような表情のユズリハさん。

そんなユズリハさんが納得できるように、順を追って説明することにした。

「まず、ぼくの知る限りでは、今回の戦争で我が国の勝ち目はありませんでした」

「キミはなぜそう思った？」

「単純に戦力を出し惜しみしているからです。本気で戦争に勝つつもりなら、少なくともユズリハさんは絶対に出陣させるべきでしょう」

「けれどわたしが先陣を切っては、またわたしの手柄になるからな。今回の戦争は我々がオーガの大樹海で勝ち取った大金星から、世間の目を背けさせるためにやった側面も大きい。だから王族が出て我々が留守番というのは理に敵《かな》っているだろう」

「政治面ではそうかもしれませんが、戦術面では最悪です」

「なぜだ?」

「公爵家の書斎を借りて近年の我が国の戦争事情を調べたのですが、ユズリハさんがいる戦場でしか勝っていませんでした。逆に王子二人が出陣して勝利した戦闘は皆無です」

「確かにそうだな」

「ここ数年の戦場は、ユズリハさんの圧倒的実力でなんとか保っていただけですからね。もしユズリハさんが活躍してなければ、この国はとっくに敗戦していたはずです」

「そ、そうか? いや実はわたしもそう思ってはいたのだが、他ならぬキミに言われるとすごく照れくさいな……」

　本当に照れくさいらしく、ユズリハさんが顔を赤くして身体《からだ》をクネクネよじらせる。

　けれど本題はそこではない。

「なので今回の戦争、ぼくはとっとと負けて逃げ帰ってくると思ってたんです。ところが戦闘は連戦連勝、破竹の勢いで進軍中だと伝えられています」

「うん、わたしも実はかなり意外だった」

「なのでぼくは王都の、商人の様子をじっと見ていました。どこ産の、なにを扱う商人の顔色はどうか。個別の値上がり率は。品不足、産地の変更、商品の入荷頻度……それらを入念に観察して組み合わせた結果、ぼくは一つの確信を得るに至りました」

「ほう。それは何だ？」

ぼくは厳かに宣言した。

「我が国の軍隊は、連戦連敗です。間違いありません」

いわゆる大本営発表というやつだ。

我が国のトップは敗北の事実をひた隠し、虚偽の吉報で国民を欺いている。

「おいキミ、ちょっと待ってくれ⁉」

ユズリハさんが慌てたように口を挟んだ。

「キミの話が事実だとしたら、わたしが知らんはずが無いだろう！　我が公爵家は自前の情報網も有しているし、常日頃から情報収集には気を配っている！」

「では聞きますが、ユズリハさんは今回の戦争、実際に戦場を見たという人から直接話を聞きましたか？」

「……いいや。直接の報告は遅れているようだ。常日頃なら前線に混じった兵士が情報を売りに来るのだが……」

「今の話を聞いて、余計に確信しましたよ」

ぼくはユズリハさんをじっと見つめて、

「考えてみてください。ぼくが聞いている二人の王子の性格なら、本当に勝っているならいかに自陣営の王子がより活躍したかを喧伝《けんでん》するでしょう。そしてお互いの足を、盛大に引っ張るはずです」

「確かに。あの二人の王子の性根はとことん腐っているからな」

「そもそもこの戦争の目的が、自分がいかに次期国王に相応《ふさわ》しいかを示すためというのも大きいですしね。けれどそんな話は全く流れてこない」

「うむ……」

「二人の王子が力を合わせて敵軍を粉砕した、なんて言えば聞こえだけは良いですけど、細かい描写は聞いたことがありません。勝った戦闘ならばこそ、入念かつ詳細に描写して大々的に宣伝すべきなのに」

「言われてみればそうだが……しかしあのアホ王子どものことだから、単に勢いで攻勢を掛けたからカッコいいシーンも無かったんじゃないのか？」

「それならそれで、そういう話が聞こえてくるものです。けれど今回は詳細が一切、全く聞こえてこない」

喋《しゃべ》り続けて喉が渇いた。お茶が欲しい。

「つまり最初から勝ち負けなんてどうでもいい、そういう風なシナリオが作られていたということですよ」

「……ううむ……」

そうでなければ説明が付かない。

ここまで情報統制が上手《うま》くいっている理由。

戦闘の結果が出るずっと前、ひょっとしたら遠征が計画される以前から入念かつ繊細に準備していたからこそ、公爵家の娘のユズリハさんすら欺けているのだろう。

ここまで来れば、答えまでもう一歩だ。

「その場合、そんな虚偽の情報を準備する理由は何でしょうか？　どうせ遠くないうちにばれてしまうのに」

「時間が経《た》てば、偽《にせ》情報など価値はない。だからそんなものは時間稼ぎに過ぎないが——ああっ、そういうことか⁉」

「そうです。なので狙いは恐らく、クーデターかと」

クーデターで政権を握ってさえしまえば、いくら戦争で大敗しようが、そのとき自分の責任を追及する相手は排除できている。

もちろん敵国が侵略してくれれば別だけど、殺戮の戦女神《キリング・ゴッデス》と渾名《あだな》されるユズリハさんや、それにプラスしてアマゾネスとの同盟がある現状では、自国が攻められる可能性は低いと判断したのだろう。

どこの大貴族が謀略を練ったのか知らないけれど、恐らくは王子が大敗することすらも最初から決め打ちして計画したに違いない。とてつもなく性格が悪い。

「というわけでぼくは、王子のどちらかの陣営がクーデターを起こし、そのターゲットは王都にいる現国王夫妻と王女だろうと思ってたのですが……えっと、王女もクーデターを起こすんですか？」

「うっ」

「聞かなかったことにしろというなら、喜んで承りますが」

「――いや。この際だ、聞いてくれ。どうせキミにはいずれ話すつもりだったんだ」

それからぼくは、王女が次期女王となるためのクーデター計画を、そりゃもう微に入り細に入り聞かされるハメになったのだった。

ぼくはただの平民なので、国家規模の陰謀の核心なんて聞かされたところで何の役にも立たないんだけど。

そしてぼくたちが夕食時、その話をした五日後のこと。

第二王子派によるクーデターが起きて、国王夫妻と王女が幽閉された。

6

王都に戒厳令が敷かれて、外出の自由が制限される。

そんな中、密かにぼくの家を訪れたユズリハさんの顔色は、真っ青を通り越してもはや土気色だった。

「……本当にすまない、キミに忠告してもらいながらこのザマだ。わたしもなんとかしてクーデターを阻止しようとしたのだが……」

「ぼくが謝られることではないですよ」

王子派閥のクーデターを予測こそしたものの、実際にどう実行されるかなんて、平民のぼくに見当が付くはずもなく。

そもそも平民にとっては貴族の権力闘争や、まして次期国王が誰になるかなんてことは基本的に関係ない。

あまりバカが王様になったら国は荒廃するだろうが、いざそうなったらスズハと一緒に外国に移り住むという選択肢もある。

ぼくとスズハが生まれ育った村も、そこにあった畑ももう無いのだから。

「それでキミは……今後どうなると思う？」

「どうとは？」

「現在、国王夫妻と王女が幽閉されている」

真剣な眼差《まなざ》しのユズリハさんは、気休めの返答を求めてはいないだろう。

だからぼくも率直に答える。

「王女は殺されるでしょうね」

「──っ！」

「今の治世の評判がそこまで悪いわけでもありませんしそれに、外聞もありますからね。現国王夫妻は戴冠式まで幽閉しておいてその後は追放か一生幽閉、もしくは毒殺といったところでしょうか？　けれど王女は生かしておく理由がない。なにより危険すぎる」

「危険……」

「王女陣営もクーデターを計画していたんですよね？　それが知られているならば当然、知らなくても頭が切れると噂《うわさ》の王女を生かしておけば、後ろから刺される可能性も高い。王女派閥の貴族を黙らせるためにも、王女は殺されると思いますが」

まあ平民のぼくが考える話だ、どこまで合ってるのか見当も付かないけれど。

けれどぼくの言葉を聞いたユズリハさんは、思い詰めた様子でしばらく考え込んだあと、やがて顔を上げてぼくに真っ直《ます》ぐ向き直った。

「キミに、お願いがある」

「はい」

「こんなことを、キミに頼む筋では無いのは重々承知している。だからこれはお願いだ、キミには断る権利がある。だができれば断らないで欲しいんだ、そのためならばわたしにできることならなんでもするから、だから、」

ユズリハさんがごくりと喉を鳴らすと、

「わたしと一緒に——王女を助けてくれないだろうか？」

「いいですよ」

「…………へ？」

即答すると、ユズリハさんの目が点になった。

＊

そうと決まれば時間が惜しい。

フリーズしたままのユズリハさんを引き摺《ず》るように馬車に乗り込み公爵家に向かう最中、ようやく思考回路を再起動させたユズリハさんがぼくに食ってかかった。

「ちょ、ちょっと待て！　キミ、あまりにも軽すぎないか⁉」

「なにがですか？」

「キミなら分かってるはずだ！　いま王女を奪還しに王城へ突入するなど、どう考えても自殺行為だぞ⁉」

「その自殺行為をぼくに頼んだのはユズリハさんですよ？」

「そ、それはそうだけどっ！」

まあユズリハさんの言い分は理解できる。

普通に考えれば断られて当然の、いわば死にに行けと言っているような要請に、なんで首を縦に振ったのかと聞きたいのだろう。

それに対するぼくの答えは、とてもシンプルで。

「そんなのはね、簡単ですよ」

「……ふぇ？」

「仲間が困っていたら助ける。ただそれだけのことです」

「そ、それは……！」

「それともぼくがユズリハさんを仲間だと思っていたのは、一方的な片思いでしたか？

だったら少し寂しいですが――」

「そんなことないっ‼」

ユズリハさんが、公爵家の馬車が震えるほどの大音声《だいおんじょう》で否定した。

「キミはわたしにとって最高の仲間であり、わたしの背中を任せられる唯一の存在だ！

そのキミを卑下することなど、たとえキミ自身だって許さないぞ！」

「え？　いえ、それはいくらなんでも褒めすぎ――」

「そんなわけあるかっ！　今までだってキミにはさんざん助けられて、それに今だって、
わたしが望んだ最高以上の答えをあっさり返して……どこまでわたしをガチ惚《ほ》れさせれば
気が済むんだこの大馬鹿ものっ‼」

「ま、まあ、それはともかく」

謂《いわ》れのない罪で怒られた気がするし、なんなら不穏な発言もあった気がするけれど今は
それを追及している暇はない。

なんにせよユズリハさんの元気が戻って本当に助かった。

なにしろ、ぼくらはこれから死地に向かう。

気合が充実していなければ、生きては帰ってこられないだろうから。

……いろいろ調べて、本気で何ともならなそうだったらどうするかはまた考えよう。

7

公爵家が秘匿していた王城の見取図や秘密の抜け穴、下水の位置などを頭に叩《たた》き込んで、国王や王女が幽閉されている場所を推測し、敵兵力を見積もって救出計画を立てていく。

そうして作戦を練っている最中、ぼくは思いがけない事実を耳にした。

「――いやいや、王女にはキミも会っているだろう？」

「え、どこでですか？」

「そうか、キミにはまだ言ってなかったかも知れないな……ほら、王立最強騎士女学園の理事長であるトーコだ。あいつはわたしの幼馴染《おさななじ》みかつ親友で、この国の王女でもある」

「えええええっ⁉」

「いつタネ明かししようか黙っていたまま忘れていたが、こんなことになるとはな……」

知らなかった。

ぼくはいつの間にか、この国の王女と面識があったのか。

とはいえ一般庶民のぼくのことなんて、向こうは覚えてないだろうけど。でも――

「ならばますます、なんとかしないとですね」

「もちろんだ。キミにそう言って貰《もら》えると助かる」

「知っている人を見殺しにするのは、二度と御免ですから」

「……キミは昔、その——いや、ここで聞くことではないな。忘れてくれ」

どこから見ても完全無欠に国家機密な図面を睨《にら》みながら、ユズリハさんやその父親たる公爵と意見を交わしていく。

「……うーん……」

「どうだキミ、なんとかなりそうだろうか？」

ユズリハさんが期待と不安の入り交じった表情で見つめてくるけど、なんとも言い難《がた》い。

相当に厳しい状況なのは明白で。

なにしろいざとなれば、敵はトーコさんを切り捨てて、逃げてしまえばいいのが大きい。

王城を爆破でもさせて混乱させた隙に脱出、新たな作戦を練ればダメージも少ないだろう。

だからギリギリまで、敵にトーコさんの処分を遅らせなければいけないわけで。

一方こちらは、トーコさんを殺された時点でジ・エンドだ。

ぼくたちはトーコさんを失い、恐らくユズリハさんはしばらく使い物にならなくなり、その間に今戦争している敵国が王都まで攻め込んでくればこの国が滅びるまでである。

ぼくの説明を聞いたユズリハさんが、悔しそうに頷《うなず》いた。

「キミの言うとおりだな……王城を攻めて占領するだけなら、キミとわたしの二人だけで大楽勝だというのに……」

「まあオーガの大樹海で延々と戦い続けるよりは、よほど楽でしょうね」

途中、騎士学校から直行してきたスズハも合流する。

ぼくとしては、自分はともかくスズハには今回の救出計画に参加してほしくなかった。なにしろ危険すぎるから。なのに。

「兄さん？　もちろん兄さんは、わたしを仲間はずれにしたりはしないですよね？」

「……兄としては、家にいてほしいんだけどね？」

「なぜですか？　これでもわたし、意外と役に立ちますよ？　そこらの一般兵士相手なら、一個師団でも素手で壊滅させてご覧に入れます」

「今回はトーコさんの救出が目的だからね、そんなに暴れちゃ——いや、それでいいか」

方針決定。

頭の中で猛スピードで立案し、ユズリハさんたちに作戦を提案する。

ユズリハさんが、ぼくの話を聞くにつれて理解の色を浮かべた。

「なるほどな。キミの作戦だと、救出隊と陽動部隊の二手に分かれるのか。だが……」

「そうです。ぼくはトーコさんの救出に、下水の中を逆に泳いで王城の中へ向かいます。そしてスズハとユズリハさんには、同時刻に陽動するための事件を起こしてもらいます。城外で起こった騒動ならば、向こうもトーコさんを処分までには至らないでしょうから。できれば公爵家にも、陽動を手伝っていただけると助かりますが」

「請け負おう」

「ありがとうございます、公爵殿。ではこれで――」

「ちょっと待て‼」

ユズリハさんが慌てたように、

「わたしもキミと一緒に王城へ向かうぞ！」

「ダメです」

「なぜだっ⁉」

「公爵家の直系長姫を、下水に潜って泳がすわけにはいかんのですよ」

「そんなバカな⁉」

ぶっちゃけぼくの本音を言えば、ユズリハさんは救出部隊に是非欲しい。

けれどぼくの立場では、決してそれは言い出せないのだ。

当然だろう。どこの平民が、公爵令嬢に「下水に潜れ」などと言えるのか？

とはいえ王族の脱出用隠し通路なんかは、逆に厳重に警戒されているはずだ。だから、可能な限り見つからず王城に潜入するとしたら、下水ルートしかないと思う。

——ここでポイントは、ユズリハさんが自分から言い出す分には問題ないということで。

もちろんぼくは最初否定するけれど、最後はユズリハさんの熱意に押し切られたという形にする。

そしてユズリハさんなら、必ず自分で言い出してくれると確信していた。

だからもう一度言ったら、仕方ないという顔でユズリハさんの同行を認めるつもりだ。

現在、ぼくの頭に描いたシナリオ通りに事は進んでいる。

ぼくはしめしめと内心でほくそ笑んだ。

ちなみにスズハは性格的に向いていないので無理だ。

スズハは暗がりとか二人きりとかになると、寂しいのか怖いのかよく知らないけれど、無意識にぼくに語りかけたり、身体《からだ》を擦り寄せてくるクセがある。

通常の戦闘ならそこまで問題でなくても、潜入作戦では致命的なのだ。

「下水でどれだけ汚れても構うものか！　わたしはトーコを救出したい、それになによりキミの背中を護《まも》りたいんだ！　だからわたしもキミと行くぞ‼」

「そ——」

「見苦しいですよ。ユズリハさん」

ぼくが「そこまで言うなら――」の「そ」の口になったとき、なぜか分からないけれど妹のスズハが言いがかりを付けてきた。なんだろう？

「分からないんですか、ユズリハさん？　兄さんはこう言ってるんです――わたしたちはぶっちゃけ足手まといだと」

「「なっ⁉」」

「なんで兄さんまで一緒に驚いているんですか……？　ふっ、兄さんの考えることなんて、妹であるわたしには全部まるっとお見通しですから」

なにも見通せていないスズハが、ドヤ顔をキメたままユズリハさんに語りかける。

「兄さんはこう言っています。『お前はぼくの潜入スピードに付いてこられるか？　強敵に囲まれたとき自分の身を確実に守れるか？　――自分の横に並び立つパートナーとして、ふさわしい実力を持っているのか？』と」

「う、ううっ……そう言われると……」

「いやぼくそんなこと言ってな――」

「兄さんはこうも言っています。『ぼくに言わせるな、スズハとユズリハには陽動作戦がせいぜいだ。ぼくのパートナーとして相応《ふさわ》しい実力を身につけてから、一緒に行きたいと言うのだな』と」

「……分かった。わたしがスズハくんの兄上と一緒に行きたいなどと、身の程を弁《わきま》えない愚かな発言だったたな。撤回しよう」

「えっちょ待って――」

慌てて言い訳しようとするぼくの肩が、ぽんと叩かれた。

振り返るとそこには、はらはらと涙を流しながらぼくを真《ま》っ直《す》ぐに見つめる公爵がいた。

それは言うなればアレだ。

親が愛娘《まなむすめ》の身代わりに生贄《いけにえ》になろうとしている、そんな若者へ向ける表情だった。

「すまない――死ぬなよ」

公爵の言葉の奥底には、娘を死地に送り込まなくて済んだという安堵《あんど》が隠れようもなく溢《あふ》れていて。

この瞬間、ぼくは一人で王城へ潜入することが大決定したのだった。

8（トーコ視点）

トーコ王女が王宮の自室で幽閉されてから、すでに半日が経《た》っていた。

「……あのさあ。いいかげん手の拘束、解いてくんない？」

「ダメに決まってるでしょう。手が動かせれば魔法が使えますからね」

後ろ手で椅子に縛られているトーコを監視している老人こそ、長年にわたってこの国の宰相を務めてきた男。

今回のクーデターの、実質的な首謀者でもある。

表面上は第二王子が主導したことになっているが、あのアホ王子が緻密なクーデターの計画など立てられるはずもない。だからトーコは油断してしまった。

まさか影の薄いこの男が、クーデターを細部まで綿密に計画し、実行するとは。

「トーコ殿の魔術は強力ですからな。拘束を解いたが最後、ワシなど王城の外まで軽々と吹き飛ばされてしまいますよ」

「ちっ」

トーコが舌打ちする。

魔法さえ使えればこんなジジイ、すぐにでもぶち殺してやるのに。

「──ねえ、宰相だって男でしょ？　ボクの身体に興味ないの？」

トーコは王女として、自分のオンナとしての魅力を客観視している。

王女という地位。

恐ろしく整った顔立ち。

そして男の肉欲、あるいは妄想を具現化したかのごときスタイル。

――自分の身体は大抵の男にとって、どんな美食や宝物にも勝る価値がある。

トーコはそう認識していたし、それは大抵の場合、疑いようもない事実だった。

けれどトーコは幼い頃から魔術を磨き続け、今までオンナとしての武器を使うことから逃げ続けてきた。

貞操観念が強く、王族のくせに恋愛に対して潔癖かつ夢見がちなところのあるトーコは、好きな男以外に媚《こ》びを売るなんて真似《まね》は気持ち悪くってできなかったのだ。

同じように周囲のオンナを遥《はる》かにぶっちぎる美貌と肢体を兼ね備えながら、男女関係にとことん疎《うと》いユズリハがずっと側《そば》にいたのも原因だろう。

そんなトーコが、生まれて初めて色仕掛《いろじか》けを試みようとしていた。

トーコの現状はそれほどまでにピンチだったのだ。

この瞬間も頭の中の冷静な思考回路が、自分がいつ殺されてもおかしくないとガンガン警鐘を鳴らしまくっている。

しかし、トーコの初めての色仕掛けは失敗に終わった。

「トーコ殿の身体はとてつもなく魅力的ですが、今は触れないでおきましょう」

「……どういうこと？」

トーコが聞くと、宰相はなぜだか遠い目になって。

「ワシはトーコ殿がお生まれになった時から宰相をしております。当然ながらトーコ殿がお美しく成長し、目映《まばゆ》いばかりの才能を花開かせていくご成長ぶりを、二十年近くもの間お側《そば》で見ておりました。——その間ワシはずっと、トーコ殿のことを酷《ひど》く恨めしく思っておったのですよ」

「な、なによそれ……？」

記憶にまるで無い宰相の恨み節に、トーコが思わず身構える。

しかし宰相はそんなトーコの様子に構うことなく、遠い目のまま語り続けた。

「——この美しく、才気溢れるトーコ様に、なぜおちんちんが付いてないのかと……！」

「なに唐突に少年性愛《ショタコン》告白してんのよ⁉」

「ちなみに、今回のクーデターの協力者である近衛《このえ》師団長と教会の教皇様も、ワシと同じ見解でしてな」

「王女をネタにそんな話で盛り上がるんじゃないわよ⁉」

「人に言えない性癖の暴露と秘密の共有は、結束を強固にする一番の武器となるのです。こいつは社交術の基本ですぞ？」

そう真顔で返されては、トーコとしても絶句するしかない。

かろうじて絞り出すような声で、捨て台詞《ぜりふ》を吐くのが精々である。

「こ、このっ、大バカ者どもがっ……！」

ああクソ。トーコの脳裏に、今さらながら後悔の念が押し寄せる。

こんなことになるなら、今まで一発ヤらせろとか迫ってきた上級貴族《クソやろう》を邪険にしないで、ちょっと気を持たせて味方につけておくべきだった――！

「ふっ。トーコ殿の性格では到底不可能ですな」

「この非常時までヒトの考え見透かした上に、鼻で笑いつつ正論吐くんじゃないわよ⁉」

トーコが宰相に対して、何度目か分からないブチギレを噛《か》ましたその時。

遠く部屋の外から、なにやら騒がしい音が聞こえてきた。

「……さて。トーコ殿との会話も名残惜しいですが、そろそろお別れのようですな」

「な、なによ？　はは－ん、ひょっとしてユズリハたちがボクを助けにここまで来るのが怖いんでしょ？」

トーコのミエミエの挑発だが、それに乗るようではいくらこの国の貴族が腐っていても、長年の宰相職など務まらない。

「自慢ではありませんが、サクラギ公爵家の姫騎士がトーコ殿を奪還しに来るなどは当然想定内でしてな。とはいえ状況を考えれば厳戒下での王城突入など死にに行くようなもの、なのに本当に助けに向かうとは信じられませんがね……」

「ユズリハはね！　自分が心から信頼する相手のためならば、どんなに可能性が低くても限界まで頑張れちゃう娘《こ》なの！」

「無謀ですな。あるいはそれが若さというものか」

そう呟《つぶや》く宰相の言葉に、トーコはひやりとしたものを感じる。

トーコがその可能性に薄々思い至りつつも、思考に強固な蓋をして考えなかったようにしていたこと。

——ひょっとしたらユズリハは、仲間のために死にたいんじゃないか。

たった一人で、呆《あき》れるほど戦場で敵を倒し続けまくった結果、孤独のままに勝ち続けて殺戮の戦女神《キリング・ゴッデス》とまで呼ばれた親友のココロは、実はとっくに壊れていて。

自分が認めた仲間のために、自分が認めた仲間に看取《みと》られて、戦場で死にたいだなんて願っているんじゃなかろうか——？

「まあいずれにせよ無駄なことです」

「ユズリハなら、裏切った騎士が束になっても、返り討ちにできると思うけど！」

「いくらサクラギの姫君でも、それでは相打ちがせいぜいでしょうな。それに」

宰相が勝ち誇った目でトーコを見据えて、

「王族用の秘密通路には兵士に加えて、襲撃に備えて罠《わな》を仕掛けております」

「……っ！」

「仮にも公爵家の令嬢ですしな、王族しか知らないはずの秘密通路を知っている可能性も大いにある。ワシも知っているくらいですからな。なのでそちらから攻めてきたときは、頃合いを見計らって——ドカン。大爆発が起きて、そこを守っていた兵士ごと、まるごと生き埋めというわけですよ」

「くっ……たかがユズリハ一人に、大げさすぎる仕掛けなんじゃない……？」

「そうやって侮《あなど》ったあげくに全滅させられた敵兵は合わせて数千ではきかんでしょうな。慎重にもなるというものです」

トーコが唇を噛んだ。

これではいくらユズリハに、加えてスズハやスズハ兄まで救出に来てくれても無理だ。

なにしろ宰相は王族の秘密通路を使うという裏の手まで読んでいるあげく、ユズリハを生き埋めにするためだけに、王城を派手に吹き飛ばす気まんまんだ。

自分どころか、救いに来たはずのユズリハたちまで絶体絶命の大ピンチである。

「ですがまあ、さすがに王城が爆破されたとあっては混乱するでしょうからな、その隙にトーコ殿に万が一でも逃げられてしまってはたまらない。なのでお気の毒ではありますが、そろそろトーコ殿にはご退場いただくといたしましょう」

「や、やめなさいよ、やめっ――⁉」

「さようなら、姫様」

宰相が懐《ふところ》から取り出した大ぶりのナイフを構え――トーコの胸元に突き立てる。

「――‼」

普通なら即死の一撃。

けれど体内で極めて高濃度の魔力が循環しているトーコは、すぐには死なない。

とはいえそれは、死に至るまでの時間がほんの少し延びたというだけのこと。

「まだ死にませんか。さすがは姫さ――」

「トーコさんっっっ‼」

部屋の扉が爆発するように吹き飛んだ。

そして、胸を刺されているトーコの瞳に映ったものは。

自分の姿を認めて鬼の形相で走ってくる、全身ずぶ濡《ぬ》れになったスズハの兄で、

「な――」

トーコにナイフを突き立てたままの格好で、何事かと振り返ろうとした宰相は。

半分も振り返らないうちに、駆け寄ったスズハの兄に殴り飛ばされた結果。

まるで全身が大爆発するように、跡形も無く消し飛んだ。

そんな宰相の最期《さいご》になんてまるで興味がないように、スズハの兄がトーコを抱きしめ、何度も何度も呼びかける。

「トーコさん、トーコさんっ！」

「……ふふっ、スズハ兄ってば本気で……強すぎだよ……殴ったところが吹き飛ぶんなら分かるけどさ……衝撃で全身消し飛ぶなんてどんだけ凄《すご》すぎ……ごほっ」

口から血を吐いたトーコに、スズハの兄が叫ぶ。

「トーコさん、喋《しゃべ》らないで！」

「……ごめんねスズハ兄……せっかく命がけでボクを助けに来たのにさ……もう少しだけ待ってられなくてごめん……」

「トーコさんは助かります！　だから！」

スズハの兄が必死でトーコの胸に魔力を流し込んでいる。

胸を貫かれたユズリハを助けた、あの治療魔法。

けれど今回はさすがにだめだとトーコは思った。

なにしろ心臓が刺されたのだ。

「……このまま死んでさ……もしも生まれ変われたなら……今度はボクも……スズハ兄の妹に……なりたい……な……」

「トーコさんは死にません！　だから喋らないで！」

もう意識が朦朧《もうろう》としてきた。

ろくでもない人生だったけれどユズリハがいたし、最近はスズハ兄たちもいてくれて、最後だけはすっごくキラキラしていた。

だからトーコは、笑って幕を下ろすことにした。

（ねえ、スズハ兄。最期にキスして）

そう言ったつもりだったけど、もはやトーコに言葉を紡《つむ》ぐことはできずヒューヒューと空気の漏れる音がするだけだった。

けれど。

「ああもう、喋るなって言ってるでしょっ！」

そう言ったスズハの兄は、荒々しく唇を押しつけて、キスをした状態から膨大な魔力を体内に流し込んできた。だから。

トーコはすっかり安心しきって、闇の中へと意識を落とした——

6章　新女王の誕生

1

あの日のことはよく覚えていない。

正確には、記憶に無いのは王城に突入した後のことだけど。

なにしろ王女の使うプライベートルームだのなんだのが王城のあちこちに点在していて、しらみつぶしに探していったほとんど最後に強烈な魔力を感じて、がむしゃらに走り出し気付いたら腕の中に死にかけたトーコさんがいたので夢中で治療したことだけ覚えている。

あと、下水まみれのままトーコさんを抱きしめて治療したことも。

瀕死《ひんし》状態なのに喋り続けるトーコさんを黙らせるため、キスで口を塞いだことも——

「……兄さんってば、実はかなり覚えてますすよね？　確信犯ですか？」

「ちちち違うんだよ！　あれは緊急事態だったから仕方ないんだよ！　だからぼくは全然悪くないんだよきっと！」

王城内にある大聖堂。

この場所は本来、王族と教会の最高権力者しか入れないという神聖な場所のはずなのに、なぜかぼくはスズハとユズリハさんの手によって連行されていた。

眠っていたトーコさんの意識が戻ったと聞いたのが三日前。

ぼくのしでかしたことは、既に広まっているだろう。

アレだろうか。

王女淫行侮辱罪とかで、ぼくは死刑になってしまうのか。うう。

「きっと即決裁判。軍事法廷では弁護士も呼ぶことができず――」

「……なあキミ、わたしは疲れているんだ。意味の分からんアホなことを呟き続けるのはやめてくれないか？」

人がこれから処刑されようとしているのに、冷たい言葉を吐くユズリハさん。酷《ひど》い。

とはいえ、ユズリハさんがへとへとなのは間違いようもない事実だ。

なにしろクーデターが失敗に終わった日からずっと、この王都には大規模の粛清の嵐が吹き荒れているのだから。

「……ちなみにユズリハさんって、これまで何人くらい粛清したんですか？」

「千人はくだらないな。この国の貴族の八割ほどを、地獄の業火《ごうか》に沈めてきたぞ」

「まあ怖いわ」

「キミ、言葉遣いがヘンになってるぞ……？」

それくらい混乱しているからですよ。ええ。

「それと言い訳ですけど、あの時ぼくは」

「しっ。──始まるぞ」

最後の弁明をしようとしたところで荘厳《そうごん》な鐘が鳴り響き、ユズリハさんに黙らせられる。

扉が開いて、しずしずと入ってきたのは純白のドレスを着た一人の少女。

ぼくには彼女が、まるでこれから結婚式を挙げる花嫁そのものに見えた。

記憶にある黒ずくめのローブ姿とは、まるで別人のように印象が違う。

それでも間違えるはずもない。

スズハやユズリハさんより落ち着いた印象の、信じられないほどの美貌。

まだ成長しきっていない顔立ちを裏切る、凄《すさ》まじく発育した胸元。

そして何より怜悧《れいり》な魔力や、洗練された典雅な挙措の一つ一つが、自身の高貴な出自を強烈にアピールする。

ウエディングドレスを着ているようにしか見えないトーコさんが、ゆっくりとぼくらの前まで歩いて立ち止まった。

「──改めて、ボクを助けてくれて本当にありがとう」

「いいえ、こちらこそ大変なご無礼をしでかしました。それでもご無事そうで何よりです、トーコ様……いえ、王女殿下」

「ダメだよスズハ兄」

「はい？」

「ボクの命の恩人であるスズハ兄に、そんな風に呼ばれるなんて悲しいなあ。それじゃあボクがスズハ兄の親友だからじゃなくて、まるで王女だから助けたみたいだよ？」

「いいえいいえ、そんなことはありませんよ！」

「じゃあボクのことは、今後もトーコって呼ぶこと。殿下も様も禁止ね。絶対だよ？」

「えっ、でもそれじゃ——」

「絶対、だよ？」

「……はい。トーコさん」

「まあスズハ兄の性格上、いきなり呼び捨ては無理かな？　仕方ないなあ」

まさか王族に逆らうわけにもいかず頭を下げる。

ぼくが了解したことにトーコさんはニンマリとして、

「さてとスズハ兄。今日ボクがここに呼んだ理由は、さすがに分かってるよね？」

「もちろんです。おそらく今から即決軍事法廷、王女侮辱罪でぼくは死刑に——」

「なにを言ってるのかなあ!? 戴冠式だよ、戴冠式！」

「……はい……？」

王女に向かって間抜けな返事をしてしまう。

だってそれくらい、ありえない答えだったのだ。

少なくともぼくにとっては。

「じゃあ最初から説明するとね、今この国の王子二人はクーデターを起こした罪で粛清、前国王は王子の連座で引退したのさ。なんで王家にはもう、ボクしか次期国王になる人がいないってわけ」

「あれ、クーデターを起こしたのは第二王子ですよね？ なんで第一王子も？」

「それがねえ、あのバカ兄どもは両方ともクーデターを計画してたのよ。先に動いたのが第二王子派ってだけで、第一王子の方も調べたら出てくるわ出てくるわもう真っ黒」

「うわぁ」

ていうかトーコさんもクーデターを計画していたわけで、つまるところこの王族兄妹《きょうだい》は、全員クーデターを画策していたという恐るべき結果である。

さすがは兄妹というべきか。

もしくは親の教育が、よほどアレだったのだろーか？

「……スズハ兄、なんか言いたそうだね？」

「そ、そんなことありませんよ⁉　それよりトーコさんのドレスがとっても素敵ですね、まるでウエディングドレスみたいです！」

　ぼくの華麗な話題転換が功を奏して、トーコさんはそれ以上ぼくを追及することなく「えへへー」とはにかんだ。

「ウチの国ではさ、戴冠式ってのは国王になる者と国との結婚って見立ててるんだよね。だからボクもこんな格好ってわけ。もちろん本当の結婚は——」

「ごほん」

「なあトーコ。お喋りもいいが、まずは戴冠式を進めるのが先じゃないのか？」

「ちっ」

　話に割り込むようになぜかスズハが咳払《せきばら》いし、ユズリハさんも話の脱線を指摘すると、トーコさんは小さく舌打ちをして。

「……まあいいけど。ではこれから、戴冠式を始めます！」

　戴冠式は粛々と進んだ。

　ユズリハさんが、次期女王のトーコさんを讃《たた》える祝詞《のりと》を朗々と謳《うた》い上げる。

なんでも普通は教皇の役目なのだが、今回のクーデターの首謀者の一人でもあることが発覚して処刑台行きになった結果、公爵家の直系長姫であり高位巫女《みこ》の資格を持つ（！）ユズリハさんが代理したのだとか。

次にトーコさんの誓いの言葉。

その後に、王国を守護するとされる女神像にトーコさんが誓いの口づけ。

言ったら殺されると思うけど、あれって絶対、歴代国王との間接接吻《ちゅー》だよね。

そしていよいよ戴冠式という名の通り、王冠を被《かぶ》るという段になり。

一旦引っ込んだユズリハさんが戻ってきた手元に、視界に入るのも眩《まぶ》しいほどの見事なティアラが輝いていて。

「さあキミ、トーコに被せてやってくれ」

「えええ、ぼくがですか⁉」

「そうだ。まあ普通なら我が国の戴冠式で冠を被せるのは前国王、もしくは教皇や父親か結婚していれば配偶者なのだが──」

「ボクはまだ結婚してないし教皇はアレ、父親である前国王は息子のクーデターの責任を負って蟄居《ちっきょ》中だからねえ。というわけだから、ここは次期女王誕生の最大功労者である、スズハ兄に被せてもらうべきかなって」

「いやいやいや、ぼくは平民ですよ⁉　そんな資格あるはずないでしょう！」

「そんなの関係ないよ。――ボクが殺されそうになったところに駆けつけて、死にかけたボクの命を救ってくれた。しかもキミは厳戒警備の王城に、下水道を潜って逆流してさ、命がけの潜入劇で助けてくれたんだよ？」

「そこだけ聞けばそうですけど――」

「そんなスズハ兄に資格がないってんなら、この世界の誰に資格があるっていうのさ？　だからね――ボクは他の誰でもなく、キミの手でティアラを被せてほしいんだよ」

ずい、と迫るトーコさんから助けを求めるべく、ユズリハさんとスズハに交互に視線を送ったものの。

「トーコの言う通りだな。しかし救国の勇者であるキミに祝われない新女王など、どうせロクなことにならないだろうし、なんなら代わりにわたしが被ってもいいぞ？　もちろんその場合キミはティアラを被せた責任を取って、一生わたしの隣で公私にわたり最大限のサポートをしてもらうことになるが……」

「というか、いっそのこと兄さんが被りませんか？　初めての平民出身の国王となれば、国民の人気は絶大でしょうし。ただしその場合、王妃が貴族のままでは平民出身の国王に期待した皆さんもがっかりするでしょうから、わたしのような庶民をお嫁さんにするのが賢明かと思われますが……」

「なんの役にも立たないとはこのことだよ！」

ずずいっ、と迫ってくる三人。

みんなもの凄《すご》い迫力で、どうしてもここから一人を選ばなければならない雰囲気だ。

そして、その選択肢のうち二つが完全に地雷原ならば。

残った一つしか、ぼくに選ぶ余地はないわけで。

「トーコさん」

「……んっ……」

ユズリハさんの手元のティアラを受け取って、トーコさんに被せると。

トーコさんは、今にも泣き出しそうなくしゃくしゃの顔で微笑《ほほえ》んだのだった。

2（ユズリハ視点）

豪奢《ごうしゃ》な貴族屋敷《やしき》の大広間が、およそ百人の警備兵たちの屍体《したい》で埋め尽くされていた。

そしてそれらは、たった一人の少女によってなされたものだった。

「ふむ。これで一段落か……？」

周囲を確認しながら独りごちたのは、現状引き起こした張本人であるサクラギ公爵家の直系長姫、ユズリハ。

幼い頃から戦場に立ち、大陸中に殺戮の戦女神《キリング・ゴッデス》の異名を轟《とどろ》かせる少女である。

けれどそう呼ばれていることは、今のユズリハにとって苦い思い出にしかすぎない。

過去の自分がどれほど井の中の蛙《かわず》だったのか、今では痛感しているからだ。

（わたしが生き残ったのは、ただ単に弱い敵としか当らなかった結果にすぎない）

（スズハくんの兄上とまでは言わないまでも、今のスズハくんやわたし程度の強さの敵に遭遇していたら、わたしなど虫けらのように殺されていただろうな）

（そう、この者どものように——）

屋敷の外では王国騎士団たちが十重二十重《とえはたえ》に包囲していて、虫一匹も逃さない包囲網を敷いている。

ユズリハは新女王の勅命による粛清を実行すべく、トーコに敵対していた貴族の屋敷にたった一人で乗り込んだ。

待ち構えていたのはおよそ百人の警備兵。

曲がりなりにも上級貴族子飼いの兵士、しかも内紛に備えて準備は万端に整えていた。

弱いはずなどない。

けれどそれら百人をまとめて、ユズリハは赤子の手を捻《ひね》るようにあっさりと叩《たた》き潰した。

しかも完全武装の警備兵に対し、ユズリハは素手。

それどころかユズリハは鎧《よろい》さえ身につけず、パンツ一枚の格好だった。

なぜならば、粛清を続けるうちユズリハは、こんな思考に至ったのである。

(せっかくだから、全裸の時に——例えば風呂《ふろ》に入っている時や、わたしがスズハくんの兄上とエッチなことをしている時に襲われた場合の訓練も兼ねるとしよう)

最初のころはそうでもなかった。

始めは普通に騎士隊と一緒に突入していた。だがあまりに圧倒的な粛清ショーが続くとやがてユズリハ一人で突入するようになり、さらに傷一つ負わずに連勝しまくるに連れて装備がどんどん簡素化されて、この前まではシャツ一枚にナイフ一本だったのがとうとうパンツ一枚だけになった。

(わたしは胸がでかいからな。ノーブラで襲われた時の動きにも、ある程度は慣れておく必要がある)

端《はた》から見ればただの舐《な》めプにしか見えないけれど、ユズリハにだって言い分はある。

いまさら言うまでもなく、ユズリハの乳は完熟メロンよりなお大きい。

そしてこちらも言うまでもなく、戦闘において乳房という存在は不利に繋《つな》がる。それが大きければ大きいほどなおさら。

なにしろ胸元でお肉の塊が、引きちぎれんばかりに前後左右と揺れまくるわけだから。

普段はブラでぎゅうぎゅうに押さえていても、いつ何時ノーブラの時に襲われるかなんて分からない。

だからユズリハは今までずっと、ノーブラでの実戦訓練をしたかったのだけれど。

（まさかスズハくんの兄上の前で、ノーブラで胸を揺らしまくるなんてできるわけがないだろうっ。だって、は、はしたないっ……！）

その点、粛清目標が相手なら気兼ねすることもない。

そこら辺の石ころくらいどうでもいい、しかも粛清する男が相手となれば、ユズリハの羞恥心のハードルも大幅に下がろうというものである。

相手をさせられた警備兵たちは不運という他にない。

「……だがスズハくんの兄上に訓練してもらうようになってから、知らない間にわたしがここまで強くなっていたというのは驚きしかないな……今までスズハくん兄妹やオーガが相手で、一般兵士などと戦っていなかったから分からなかったが……」

パンツ一枚のユズリハが大広間の真ん中で、ひょっとしたら自分とスズハ兄妹が揃《そろ》えば世界統一も簡単なんじゃないかと思案していると。

「死ねっ、このクソビッチがっ‼　ファイアーボール‼」

「！」

至近距離で死んだフリで転がっていた警備兵の一人がユズリハの背後から、最後の力を振り絞り全力で魔法をぶっ放した。

虚を突かれたユズリハが振り返るのも間に合わず。

剝《む》き出しの背中に渾身《こんしん》のファイヤーボールがヒットして——そのまま消滅した。

ユズリハの皮膚は火傷《やけど》を負うどころか、赤くさえならなかった。

「……へっ？」

「な、なぜだっ⁉　なぜ魔法が効かないっ⁉」

半狂乱になる警備兵を完全に無視して、ユズリハはきょとんと目を丸くすると、やがて納得したように破顔した。

「そうか。スズハくんの兄上が、わたしの背中を護《まも》ってくれたのか——」

「はあっ⁉」

「……スズハくんの兄上は、わたしたちを指導してくれるのみならず、訓練が終わったら全身を熱心にマッサージしてくれるからな。もちろん背中も例外じゃない……その鍛錬とマッサージの繰り返しで、わたしの肉体は知らない間に……並の魔法では掠《かす》り傷一つすらつかないほどに、鍛え上げられてしまったんだな……」

「な、なにを言ってるんだ⁉ そんなことがあるはずない‼」

「しかしスズハくんの兄上はずるいだろう……わたしが一人で戦っていてさえ、わたしの背中を護ってくれるなんて、いくらキミが背中を安心して預けられる相棒だといったって程があるぞ？ ……ふふっ、キミに相応《ふさわ》しい相棒になるために、わたしはどれだけキミに報いる必要があるんだろうか？ 考えるのもうっとり、いやウンザリするな……」

「す、隙有りっ！」

完全に自分の世界に入ったユズリハの様子に、警備兵は剣を構えて特攻する。

しかし。

「うるさい」

うっとうしそうなユズリハの、やる気の無いかかと落とし。

ユズリハのかかとはなんの抵抗もなく、その警備兵をプレートアーマーごと叩き潰して、警備兵の肉体と装備はまとめて床の一部になった。

そして、自分の幸せな妄想の時間を邪魔する愚か者を処刑した一秒後には、ユズリハの頭の中からは警備兵の記憶など完全に抜け落ちていた。

けれど、どれだけ凄《すさ》まじい戦闘能力を見せつけても、ユズリハは決して慢心しない。

なぜなら強さとは、相対的なものだから。

「――もしわたしがスズハくんの兄上と敵対したら、わたしなんてこの警備兵どもよりも簡単に、あっさり殺されるんだろうな――」

それではいけない、とユズリハは改めて精進を誓う。

自分の命の恩人である相棒と敵対するなんて絶対に、もはや国をまるごと敵に回してもあり得ないけれど。

自分がキミの相棒なんだぞと、胸を張って言えるくらいには強くなりたいから――

3

ここ最近息を殺すように静まりかえっていた王都の城下町は、新女王が誕生したというニュースで一転お祭り騒ぎになった。

クーデターで戒厳令が敷かれていた反動だろう。

そのクーデターが終わった後も、貴族どもを大粛清するためにあえて戒厳令を解くのを遅らせたとユズリハさんが言っていたし。

庶民には王子たちに隠れて印象が薄い王女のトーコさんだったけれど、戦場から続々と帰還する兵士たちから戦場の実情が語られるにつれ、トーコさんの評判は相対的に急浮上した。

ていうか、王子二人の人気が地の底に落ちた。

そりゃあ続々と入って来ていた大勝利のニュースが全部捏造《ねつぞう》で、実際は敗北続きだって知られたら普通そうなるよね。

そして新女王誕生のニュースと同時に、トーコさんが戦争とクーデターの真相について明らかにし、首謀者たちがユズリハさんの手で速やかに死刑執行されたことを公表すると、国民のトーコさん人気は爆発的に勢いを増して、もう熱狂的な新女王万歳ムーブメントが巻き起こった。

この国の武力の象徴にしてカリスマであるユズリハさんが直接手を下した、というのが大きいのだろう。

ぼくたちのような一般庶民は、しばしばヒーローと自分を混同する。

だから国民的ヒロインであるユズリハさんが粛清することで、自分たちが正義の鉄槌《てっつい》を下したような錯覚を起こすのだ。

もちろんそれは、ユズリハさんがまさに国民的ヒロインであり続けたからこそ成立することなんだけど——

ぼくがスズハやトーコさんに向かってそんな話をしていたら、回り回ってユズリハさん本人にも伝わったらしく。

それを聞いたユズリハさんは苦笑を浮かべて、

「まあ確かに、まだ人気だけは辛《かろ》うじて上回るようだが……それもいつまで続くことやら、だな」

などと言って肩をすくめたという。

誰と比較しているのかも分からないけど、それよりユズリハさんが意外なほどに自分の評価が低いことに驚いた。

まあ自分のことは自分が一番分からないと言うし、そんなものかもしれないけれどね。

「兄さんだけは、それを言う権利は無いと思いますが……」

「ん？　スズハ、なにか言った？」

「いいえ何にも――見てください兄さん。月が綺麗《きれい》ですね」

＊

新女王誕生のニュースが広まって以来、ずっと賑《にぎ》やかな王都の街で買い物していると、どこかで見覚えのある品の良い老人に出会った。

「あれ、あなたは……」

「お久しぶりですな。その後、妹君のツインテールの具合はいかがです？」

「ああ！」

思い出した。

いつぞやユズリハさんと一緒に行った、アクセサリーショップの店員さんだ。

やたらツインテールを勧めてきたのでよく覚えてる。

「ツインテールの具合ってのはちょっと分からないですけど、妹は元気ですよ」

「それは結構なことですな」

「おかげさまで」

老紳士然とした店員さんに誘われ、街並みを眺めながら立ち話をする。

やはり話題になるのは新女王となるトーコさんのこと。

この国の人間なら誰もが口にする、今一番ホットな話題だ。

「――トーコ王女が新女王になってからの手腕は、まあまあのようですな」

「そうですね」

「もっとも、そこに至るまでは危ない場面もあったようですがの」

「みたいですね」

「危機一髪を救われたらしいのじゃが……よほど凄腕《すごうで》の騎士に助けられたようですな？　酒場では新作の英雄譚《たん》が続々と発表されておりますぞ」

「あ、あははは。そうなんですか……？」

　まさかトーコさんを助けたのが、英雄だの凄腕の騎士だのでは全然ない、ただの平民のぼくだなんて言い出せるはずもなく。

　乾いた笑いを浮かべて、全力スルーを決め込むことにした。

「ま、まあそれはともかく、平和が戻ってよかったですねっ」

「全くですな。——ワシの孫もなんとか命を繋《つな》ぎ止めましたしの」

「それは良かった。お孫さん、兵士さんだったんですか？」

「出来の悪い魔導師でしてな。実の孫ではないんじゃが、出来の悪い子ほど可愛《かわい》いという言葉通り、ずっと遠くから見守っていたのです。——最近はいい男を見つけて、ようやくしゃんとするようになったようですがの」

「へえ」

　その孫のような魔導師とやらがトーコさんのことと分かるのは、これよりずっと後の話。

この段階では分かるはずもない。

その時ぼくが考えていたことは、少しだけリップサービスでもしようかということで。

ちょっとした悪戯《いたずら》というやつだろうか。

ぼくが助けたなんて言っても、まさか本気にするはずもないしね。

冗談のふりをして、誰にもできない自慢話をしたくなっただけとも言う。

「ここだけの話ですけど。――実はぼく、クーデターの解決に一役買ったんですよ」

「ほほう?」

「本当ですよ? まあ証拠はありませんけどね」

「いやいや信じますとも。ほっほっほっ」

店員さんは面白い冗談を聞いたという風に笑うと、やおらポケットに手を入れて、

「そういうことなら、ワシも孫を救ってもらったお礼をせねばなりませんの?」

そう言ってぼくに手渡したのは、虹色に光る髪ゴムだった。

「……まさかこれで、ぼくにツインテールになれと……?」

「違いますぞ。ワシは男のツインテールを眺めて喜ぶ趣味はありませんし、だいたいその髪ゴムは一つきりでしてな。これは御守《おまも》り代わりですじゃ」

「これってもしかして防御魔法かかってます? そんな高いモノを頂くわけには――」

「防御魔法はかかっておりませんぞ。代わりに別の魔法がかかっておりますがの」

「どんな魔法が？」

　ぼくが聞くと、店員さんが目を細めて、

「――いつか困った時には、この虹色の髪ゴムを持って誰でもいいから、この国の商人を頼るとよろしい」

「すると？」

「国中の商人が総力を上げて、一度だけどんな願いでも解決してみせましょうぞ」

「そりゃすごいですね」

「ああ、もちろん実現不可能なものはダメですぞ？　せいぜい国民全員ツインテールとか、その程度にしておきなされ」

「なるほど。分かりましたよ」

　ホラを言う時は、本当かどうか判断が付かないのが一番困る。

　だからこそこれくらいスケールの大きいホラ話だと、最初からウソだと丸わかりなので、こちらも素直に返せるのだ。

「じゃあありがたく頂きます。お金に困った時にでも使いますよ」

「そうしなされ。金ならばそうですな……この国がまるごと買える程度の金貨でしたら、すぐにでも集まりましょうぞ」

「そりゃいいものを貰《もら》いました」

その後少し話をして、店員さんと別れた。

もらった髪ゴムはどういう素材かそれとも魔法か、見たこともない綺麗な虹色で燦然《さんぜん》ときらめいている。

これならスズハの来年の誕生日プレゼントにいいかも、と思った。

――その虹色の髪ゴムに、店員さんが言ったとおりの効果が本当にあるのだと知って、びっくり仰天するのもこれよりずっと後の話。

4

他の国のことは知らないけれど、この国においての戴冠式と即位式は、いわば結婚式と披露宴のような関係なのだと教えられた。

即位式もなにも戴冠した時点で即位してるんじゃと聞いたけれど、そこは突っ込んだらダメなんだぞとユズリハさんに窘《たしな》められてしまった。いわく「そういうものだからあまり気にするな」とのこと。

つまり国王になる儀式が戴冠式で、それを広く知らしめる儀式が即位式。

というわけで即位式は国家の休日となり、宮中では盛大なパーティーが行われ庶民にも国からタダ酒が振る舞われて夜通し騒いで新国王を祝福する。

「キミも即位式には当然出席するだろうな？　もちろんその後に宮中舞踏会もあるぞ？」

「当然出席しませんよ？」

「なぜだ⁉」

「だってぼくは平民ですから」

なぜかユズリハさんに即位式参加の誘いを受けたけれど、もちろんキッパリ断った。

庶民には即位式だの宮中晩餐会《ばんさん》だのより、タダ飯のほうがよほど嬉《うれ》しい。

お貴族様《えらいひと》にはそれが分からんのですよ。

＊

即位式当日の午後、ぼくは鮨屋《すしや》の前をずっとウロウロしていた。

「うう、高い……でも二度とないお祝いだし……でも高いなあ……」

祝い事に饗《きょう》される食べ物ナンバーワンといえば、我が国ではなんといっても鮨だ。

はっきり言って鮨は超美味《おい》しい。でも超高い。そりゃもう高い。ヘタしたら、ぼくとスズハの一ヶ月ぶんの食費より高い。

けれど現在、ぼくの懐《ふところ》は潤っていた。

というのも、先日ぼくがトーコさんを助けた謝礼ということで、なんと王室から結構な金銭をいただいていたのだった。

ぼくとしては微妙に間に合わずトーコさんが死にかけたうえ、下水まみれで抱きしめたあげく治療とはいえキスまでしてしまった罪で死刑かと思ったけれど。

なのに罪を問うどころか、逆に謝礼金まで出してくれる王室の太っ腹ぶりにはもうね、足を向けて寝られない。

——ならば我が家もお鮨で、トーコさんの女王即位を祝福すべきじゃないだろーか？

そんなことを思い立って、王都の貴族街と平民街の境界線上にあるお鮨やさんにやって来たのだけれど。

値段にビビって入店する踏ん切りが付かず、店の前をぐるぐるする始末だった。

もうかれこれ一時間はぐるぐるしている。

「ううっ、けどこのままじゃ埒《らち》があかないよ。でもスズハにも、今日はお鮨だぞーって言っちゃったし……ええい、ままよ！」

「――ままよ、じゃないが。何をやっているんだキミは？」

振り返るとそこには、呆《あき》れ顔のユズリハさんがいた。すごく恥ずかしい。

「あ、えっとこれは」

「スズハくんに話は聞いたから想像はつくがな。どうせキミのことだ、いざ鮨を買おうと思ったものの値段にビビってしまい、ずっと逡巡《しゅんじゅん》していたのだろう？」

「……その通りです、ハイ……」

「仕方の無いやつだ。ところで、そんなキミに朗報を持ってきたんだが」

「はい？」

「新女王の即位を祝して、今日限定でタダ鮨を振る舞う場所に行きたくないか？」

「ええええっ⁉　で、でもタダ鮨なんて、そんなウマい話があるわけないですし！　きっと腐りかけのヤバいネタを使ってるに――」

「新鮮な高級食材を、一流の職人が目の前で握る。しかも食べ放題」

「‼」

「まあ普通なら入れないような場所なんだがそこはそれ、コネというやつだな。もちろんスズハくんも一緒だし、キミもどうか――」

「是非お供させてください‼」

「……え、行くのか？　そりゃこちらとしても手間が省けるが……」

「もちろんです！　だってお鮨の食べ放題ですよ！　ひゃっほう！」

「……あ、ああ、もちろん構わないが……まさかこんな簡単に釣れるとは……」

ユズリハさんが言った「簡単に釣れた」とは何を指すのか分からないけど、高級お鮨の食べ放題の前には、そんなことどうでもいいのですよ。だってお鮨だし。

――そんな風に考えていた、その時のぼくを殴ってやりたいと思ったのは、その時からほんの少し後のことだった――

5

サクラギ公爵家の馬車に揺られることしばし、着いたところは王城だった。

「ユズリハさんに騙《だま》されたッッ‼」

「人聞きの悪い、わたしはキミを騙してなんかないぞ？　即位舞踏会の会場にはトーコの特別な計らいで、王都一の高級鮨屋が職人ごと出張してきているからな」

「王城に平民が入っちゃいかんのですよ！　そんなの常識です！」

「キミに常識を諭されるなど心外にも程があるが……まあいいか。あのな、特別な許可があれば平民でも王城に入っていいんだ。つまりコネだな」

「えっ」

「もっともそんな許可なんて普通は出ないだろうが、キミには出てるので問題はないぞ。最初に言っただろう？　コネが無ければ入れないって。つまり逆に言えば、コネがあれば誰でも入れるということだ」

「こ、公爵家のコネ、しゅごい……！」

「まあこの場合、凄《すさ》まじいのは我が公爵家ではなくキミ自身のコネなんだが。なんたって新女王の命の恩人であり、新女王誕生の立役者なんだぞ？」

「それは誤解ですよ」

「百歩、いや……百億歩譲ってそれが誤解だったとしても、生き残った貴族たちは誰しもキミをそう見ているのさ」

　出来の悪い冗談だ。

　だいいち生き残った貴族全員なら、ユズリハさん自身やトーコさんまで、その中に含むことになるじゃないか。

＊

どこから見ても完全に場違いのぼくが王城内を歩いていると、当然ながら警備の騎士に何度も呼び止められてしまった。

けれどユズリハさんが名前を出すたびに、例外なく「失礼しましたッ！」という感じで平伏《ひれふ》して、あっさり道を譲ってくれる。

これが圧倒的なまでの公爵家の権力、しゅごい。しゅごしゅぎるよお……！

なんてキラキラした目で眺めていると、ユズリハさんに呆れられてしまった。

「なにを勘違いしているか知らんが、平伏している相手はわたしではなくキミだぞ？」

「ちょっとなに言ってるか分らないんですが。だいいち騎士の皆さんが、ぼくの名前とか顔なんて知ってるはずがないでしょう？」

ぼくが否定すると、後ろを歩いていたスズハが口を挟んだ。

「では兄さん、逆に考えればどうでしょう？」

「どういう風に？」

「ユズリハさんの名前と顔は広く知られていますし、ことに城を警備する騎士で知らない愚か者など皆無でしょう。だからユズリハさんを見た時点で、それがユズリハさんだとは認識しているはずです」

「そうだね」

「ならばユズリハさんの名前を出すことに意味はありません。——ですがユズリハさんが自分の名とともに兄さんの名を出したら、騎士たちは例外なく大慌てで道を譲りました。ならば騎士たちに道をどかせた理由は、兄さんの名前以外に無いと思われますが？」

「はは、そんなバカな」

ぼくがスズハの論理マジックを華麗にスルーすると、なぜだかスズハとユズリハさんが見つめ合って、同時にやれやれと肩をすくめた。

「まあ今はいいんだがキミ、トーコの近衛兵《このえへい》に接するときは胸を張ってくれよ？」

「なんですか突然？」

「いまも残っている近衛兵たちはバカ王子どもの誘いを蹴って、トーコを選んだっていう気骨も実力もある連中ばかりでな。だからあのクーデターでトーコを護《まも》れなかったのを、本気で悔やんでいるんだ。——そいつらにとって、トーコを救出したキミはまさに救国の英雄、偉業を成し遂げたヒーローなんだよ」

「えっ」

「キミが自分をどう見ていようが、ヤツらは全員キミに夢中だよ。なにしろキミが平民と知った後でも、キミを即刻次期騎士団総長にしろってトーコに直訴してきたんだからな。それも幹部《バカヤロウ》どもが一人残らず」

「………」

「もちろんキミには付き合う義理も義務も無いだろうけど──そんな救国のヒーロー様がしょぼくれてたら、軍の士気がだだ下がりになってしまう。だから頼んだ」

「は、はい。分かりました」

ぼくは表情を引き締めて頷《うなず》いた。

──たとえ、それが虚構だとしても。

ぼくを必要としてくれるのなら、しっかりと胸を張ろうと心に決めた。

*

即位舞踏会の会場への潜入は上手《うま》くいった。

なにしろ権力の構図が大きく変わりすぎて、どの貴族も情報収集に大わらわなのである。

即位式の宮中舞踏会は、その格好の場というわけだ。

平民っぽいナリの見知らぬ男に構っている暇など無い。

「まったく。キミが最初からこっちに来れば、こんな小芝居を打たなくてもよかったんだ。キミの服装だって、もっときっちり整えられたのに……」

「あっ！　兄さんアレです、目標発見！」

ユズリハさんが何事か言っていたけど、ぼくたちは会場のとある一部分に目が釘付《くぎづ》けになっていた。

お鮨《すし》だ。

お鮨の屋台だ。

高級鮨の食べ放題だ！　ひゃっほう！

「でもスズハ、まだダメだよ」

「なぜ止めるのですか兄さん⁉」

「そりゃぼくだって今すぐにでも駆け出したいけどさ。──でもその前に、トーコさんに一応挨拶しなくちゃ。タダでお鮨を食べさせてもらう以上、礼儀を欠いちゃダメだよ？」

「兄さん、さすがです！」

「いやいやキミたち、パーティーでホストに挨拶するのは当然だからね？　そもそも今が即位式後の舞踏会の真っ最中だってこと忘れてない？」

ユズリハさんは呆れ顔だけれど、庶民が高級鮨を目の前にして自制心を働かせることの困難さがまるで分かっちゃいない。これだからお貴族様ってやつはもう。

トーコさんはすぐに見つかった。

会場のいちばん奥で、どこぞの貴族と話しているトーコさん。その前にはトーコさんに挨拶待ちする貴族の列がずらりと伸びている。まあ当然か。

「むう……」

「どうするんです兄さん？　あの列に並びますか？」

「いや、いま貴族に混じって並ぶのはちょっとなあ。時間も掛かるし場違いだし……列が途切れたタイミングで、ささっと挨拶しようか」

「ですが今日は即位式、その舞踏会で新女王への挨拶待ち列が途切れることはないかと」

「ううん……」

困ったな。

ぼくとしては挨拶してから食べ放題にダイブするのがマナーだと思うけど。

でも貴族の列に、一緒に並ぶ平民ってのも大概空気読まない感じで。

そこでふと閃《ひらめ》いた。今回は緊急事態であり仕方ない。

なので大貴族であるユズリハさんにトーコさんへの言づてを頼み、それを見届けた瞬間、お鮨の屋台にダッシュすれば最低限の礼儀は保たれるのではないだろうか。ちゃんとした対面の挨拶は、また今度と言うことで。

——ここで大貴族のユズリハさんを平民がパシリにしていいか、とか考えてはいけない。

それこそお鮨が食べられなくなるから。

「あの、ユズリハさんに大変恐縮なのですが一つお願いが」

「ああ分かってる。皆まで言うな」

「さすがユズリハさん！　頼りになる！」

「ふふっ。わたしはキミの相棒だから、それくらい察して当然だ。声量にも自信がある」

声量？

声の大きさがどうしたのか？

などと疑問に思うヒマもあればこそ。

ユズリハさんは全く想定外の、とんでもない行動に出た。

ぼくのいる場所からトーコさんに向かって、とつぜん大声で呼びかけたのだ！

「女王陛下！　あなたの命の恩人が到着しましたよ！」

ギョッとするぼく。

会場中の視線が一斉にぼくたちに向けられる。

とんでもない事態に、恐る恐るトーコさんを見ると、なぜかもの凄《すご》くニコニコした顔でぼくを手招きしていた。なんでやねん。

ユズリハさんも、いい仕事したって感じでサムズアップしてきてるし。

「さあキミ、行ってこい」

「いや、あの貴族が滅茶苦茶《めちゃくちゃ》いる中に混じるのは不敬では……？」

「女王が手招きしてるのに従わない方が不敬だろう。とっとと行け」

ユズリハさんから背中を押し出されるように歩き出す。

恐る恐る近づいていくと、またしても信じられないことが起こった。

そこここにいた貴族たちが、まるで波が引くように、ぼくとトーコさんを結ぶ直線から遠ざかっていったのだ。

まるでぼくの邪魔をしてはいけないとばかりに。

そして。

パチ……パチパチ……パチパチパチパチパチ……！

――誰かがした拍手はすぐに広がり、やがて会場中に万雷の拍手が鳴り響いた。

それはまるで、ようやく現れた救国の英雄を歓迎するかのように。
まさかいまさら引き返すわけにもいかず、
なんとかぼくは、トーコさんの前まで辿《たど》り着いたのだった——

「やれやれ、ようやく来てくれたんだね」

「——本日は、誠におめでとうございます。新女王陛下」

「ダメだよ？　スズハ兄にはボクのこと、トーコって呼んでって言ったのに」

「……ここは公式の場、いわば公私の公です。馴《な》れ馴《な》れしい態度は慎むべきかと。それに周囲には、貴族の方も大勢いらっしゃいますので」

「そんなの関係ないってば。——ねえみんな！　ボクの命を救った救国の英雄が、ボクの名前を呼び捨てすることに反対する人がいたら、今すぐここに名乗り出てよ！」

突然すぎるトーコさんの呼びかけに、何人かの貴族が動こうとしたけれど、

「もちろんその時は、ボクがこうして女王になるのに一体どれだけ貢献してくれたのか、ちゃんと宣言してから意見すること！」

その言葉に、動こうとした貴族は例外なくピタリと止まり、そのまま沈黙したのだった。

「ほらね？　誰も反論しないでしょ？　だからいいんだよ」

「……すごく強引だった気がしますけど……？」

「細かいこと気にしてると、お鮨が不味《まず》くなるよ？」

それはいけない。

ならばぼくも、トーコさんの要請に素直に従うことにしよう。

そもそも王命だしね。

「では改めて。トーコさん、本日は本当におめでとうございます」

「ありがとう。それもこれもみんな、スズハ兄がいてくれたからこそだよ」

「いえいえ、全てはトーコさんの努力のたまものです」

「ていうかスズハ兄がいなかったら、ボクがこうして女王になってるわけがないんだけど
……まあそこらへんは、詳しく説明すると日が暮れちゃうしね？」

トーコさんは相変わらずわけの分からないことを言う。

ていうか貴族の政治とか陰謀の話をされても、ぼくにはさっぱりなんだけどさ。

「それはともかく、今日はボクからスズハ兄に一つ提案があるんだよ」

「……はい？」

「本当だったら即位式でボクの即位宣言と一緒にばばーんと発表したかったんだけどさ、
スズハ兄ったら即位式に来てくれないんだもん。だからまあ、その後の晩餐《ばんさん》会で発表でも

いいかなってことで」

「よく分かりませんが、イヤな予感がするので全力でお断りします」

ぼくが断ると、トーコさんがなぜか遠い目をして呟《つぶや》いた。

「今の季節は秋、これから冬だよねえ。……魚に脂がのって、お鮨の美味《おい》しい季節だよ」

「！」

「やっぱ定番はトロだよね。他の国のマグロは身が焼けちゃって猫も食べないらしいけど、ウチの国の漁師さんはマグロ一本釣り技術も冷凍保存魔法も最先端だから、ほんっとーにマグロが美味しいんだよ。スズハ兄は大トロ好きかな？」

「値段以外は大好物です！」

「そうなんだ。でもボク、実は大トロとかウニよりも、冬ならカワハギの方が好きだなあ。握ったお鮨の上にカワハギのプリプリの肝を乗っけてさ、食べると口の中で蕩《とろ》けるんだ」

「そ、そんな素敵食べ物が、この世の中に……⁉」

「あとは白子も美味しいよね。知ってるかな、いい白子はちっとも生臭くないんだよ？そして噛《か》みしめると、ただただ複雑な甘みが口いっぱいに広がるわけ。そのときに白子が弾《はじ》けるプリッとした感触がまた堪《たま》らなくって――」

「ふ、ふわぁ……！」

「──ところでスズハ兄？　もしもボクのちょっとしたお願いを聞いてくれたら、そんな美味しい大トロやウニやカワハギや白子なんかを、食べ放題にしてあげられるんだけど。どうかなあ？」

「謹んで承りましょう」

一も二もなく頷《うなず》いた。

ぼくはトーコさんのことを信頼している。

それに一応、命の恩人だなんて言ってくれてるくらいだし。

だからいくらなんでも、そこまで酷《ひど》いことは言わないだろう。

ならばぼくの答えはイエス一択。

──そういう風に考えてしまったのは、お鮨の魅力に惑わされたからに違いない。

ぼくが答えると、トーコさんはしてやったりの笑みを浮かべて、

「約束だよ。絶対逃がさないんだから」

「え？　それってどういう……」

「ねえみんな！　聞いて！」

そしてトーコさんはぎょっとするぼくを横目に、国中から集まった貴族たちに向かって

高らかに宣言したのだった。

――ぼくの顕著な功績に報いるために。

反逆による粛清によって相続人がいなくなったローエングリン辺境伯家を、今この場でぼくに継がせることを決定した、と――

というわけで、なんだかわけも分からないうちに。

ぼくはその日、お貴族様にジョブチェンジしてしまったのだった。

エピローグ

あんなに弱っているスズハ兄の姿を見るのは初めてだな。

トーコはふとそんなことに気づいて、くすりと笑った。

貴族たちに囲まれて、四方八方から挨拶責めされ右往左往するスズハの兄。

そこには彷徨える白髪吸血鬼《ホワイトヘアード・ヴァンパイア》との戦いで見た、または王宮で自分を助けに来てくれた、いつもの極めつけに頼りになる頼もしい青年の面影はまるでなく。

ただの平民の気の良いお兄ちゃんが、大慌てで右往左往しているようにしか見えない。

「トーコ」

近づいてきたユズリハに合わせて、トーコが挨拶をして貴族たちから離れる。

そして貴族の輪から十分離れたところで、トーコはようやく素《す》の表情に戻った。

「ふう。つっかれたー」

「いいのか？　今日はトーコの晴れ舞台だろう？」

挨拶回りを続けなくていいのかと暗に聞いたユズリハに、トーコはゆるゆる首を振って。

「いーのいーの。貴族への挨拶なんて一通りはしたんだし、それに……」

トーコの目線の先には、貴族になんとか挨拶しながらも、目がチラチラと鮨《すし》の屋台へと向かっているスズハの兄の姿があった。

「今日の主役はもう、スズハ兄のものだから」

「それもそうか」

「ほんっとに、これで一息ついた感じだよ――」

トーコは正式に女王になったが、問題は山積みだ。

兄弟が起こした隣国との戦争は、いまだ継戦中。

粛清した貴族の領地の再配分も、早急に行う必要がある。

それにクーデターで、あまりにも多くの中央の権力者が表舞台から消え去った。

女王の統治を安定させるまでには、途方もない労力と時間が必要になるだろう。

それでも。

「ユズリハがいて、スズハがいて、なによりスズハ兄がいる――だから大丈夫だよね？」

「ああ。大丈夫だ」

そう言ったとき、スズハの兄の方からちょっとした歓声が沸いた。

どうやらスズハの兄に、貴族の一人が力勝負を挑んだらしい。

二人とも、その貴族のことをよく知っていた。

つい先ほど、スズハの兄がトーコの名前を呼び捨てにすることに、反対をしようとした貴族の一人だ。

もっともそれは、トーコの先制の一言であっさり沈黙させられたけれど。

「あいつか。武力自慢なのはいいんだが、頭がやたら固いんだよな……」

「まあそのおかげで、両方のクーデターの誘いに乗らなかった結果うまく生き残ったとは言えるんだけどねー」

禿頭《とくとう》の中年貴族が、真っ赤な顔でスズハの兄の手を握っている。

どうやら握手と称して手を握り、思い切り力を込めたらしい。

けれどスズハの兄のほうは、キョトンとした顔をしている。

「あはは！　あの顔、スズハ兄ってば自分が攻撃されてるのまるで気づいてないよね！」

「バカな男だ。リンゴが握りつぶせるのが自慢らしいが、そんなのでスズハくんの兄上の相手になるものか。アマゾネス軍団長の二人すら相手にならないんだぞ？」

「まあスズハ兄が少しでもその気になったら、手どころかあいつの頭くらいは簡単に握り潰せるだろうしねー」

「根がバカなのは、ある意味軍人の資質だが。それにしても酷いものだな……」

「まあそれは、気づかないスズハ兄の方にも言えるけど……あ、気づいたかな？」

どうやらスズハの兄は周りの様子から、ようやく自分が渾身《こんしん》の力で握られていることに気づいたようだ。

「スズハ兄、貴族の余興だとでも思ってるのかな？」

「嫌な予感がする……あぁっ⁉」

「あははは！　逆に握りつぶし返しちゃった！」

スズハの兄としては、ほんの少し強めに握り返したくらいのつもりなのだろう。

そう二人は確信していた。

そうでなければ、男の手首から先は消えて無くなっているに違いないのだから。

「スズハ兄の力は、どこかで貴族たちに見せつけてやらなくちゃと思ってたけど……もう必要なさそうかな？」

「そうだな」

武闘派貴族として名を売っていた力自慢の男が、純粋な腕力ですら手も足も出ない。

これを見てもなお、スズハの兄の功績が偶然だと主張したり、ユズリハの武力や権威を横取りしたものだと主張できる貴族はいないだろう。

床をのたうち回って痛がる男をスズハの兄は心配そうに見ていたが、すぐさま警備兵が飛んできて男を医務室に担《かつ》いでいった。

そして周りの貴族は、完全に無視している。

なにしろ自分から喧嘩《けんか》を売ったあげく、ぐうの音も出ないほどに完敗したのだ。

格付けは済んだ、というのが彼らの感想。

そして負け犬に同情するなら強者に媚《こ》びを売るのが、貴族が貴族として生き残るための第一条件なのだ。

ますます激しくなる貴族の攻勢に、タジタジになるスズハの兄だった。

「あれきっと、ウチの娘を嫁にとか言われまくってるんだろうねー？」

「間違いないな。愚かなことだ、スズハくんの兄上の結婚相手などわがサクラギ公爵家が出すに決まってるだろうに」

「まあ相手が決まるまでは、逆転のチャンスがアリだからねー」

なにしろユズリハはいろんな意味で特性が極端すぎて、結婚相手となればドン引きする男性だっていくらでもいるだろう。

たとえば貧乳好きとかロリコンとか――

「ところでトーコ。さっきからずっと、スズハくんの兄上がわたしたちの方をチラチラと見ているように思えるのだが気のせいだろうか？」

「え、ああうん。それってアレでしょ、」

「そうか。やはりスズハくんの兄上は、わたしの助けを求めているのか」

「え？　いや、たぶん違」

「ふふっ、困ったヤツだ。アイツはこういう機会にも慣れてもらわなくてはならないから、あえて離れたトコロから見守っているのに──やはりピンチの時は、相棒であるわたしの助けを求めてしまうのだな！」

「いや、あれ見てるのボクたちじゃな」

「仕方ないヤツめ！　待っていろ、いま相棒のわたしが助けてやるからな──！」

そう言って、颯爽《さっそう》と去って行くユズリハの背中に。

「──えっとね、スズハ兄が見てたのはボクたちじゃなくて、その後ろにある鮨の屋台だと思うよ──？」

そう言おうとして、やっぱり止《や》めた。

今日はこの国の未来にとって、大変めでたく重要な日だ。水を差すことはしたくない。

なにしろ今日は。

今後の国の最重要人物にふさわしい、ギリギリ下限の地位を押しつけることに成功した記念日なのだから──

あとがき

この作品は元々、カクヨムにウェブ小説として投稿されました。

なんですが、そもそも書いたきっかけはわたくしの脳内在住マリーアントワネットが「ユルーい異世界テンプレが読みたい。でも流行《はやり》の書籍化テンプレとかいらないから！」などと無理難題を宣《のたま》いやがったからでして、結果としてこの作品は、通常ではちょいとあり得ないくらい偏った内容となっております。

一番わかりやすいのはヒロインですな。

普通ヒロインというのは、ロリを入れたり病弱キャラを入れたりケモミミを入れたりと、読者様の好みに誰か突き刺さるよう、バリエーション豊かに取《と》り揃《そろ》えるもんですよ。ええ。翻《ひるがえ》ってこちらの作品ったら、ヒロイン全員巨乳でしかも戦闘の天才とかもうね、普通はありえないと思うわけです。まあわたくしの趣味なのですが。てへぺろ。

こんなの少なくとも公募だったら編集さんに「ロリの一人くらい入れなさいよあんた」などと当然の指示を受けること請け合いでしょう。

ほかにもこんな仕様はちょいちょいあって、まあネットって自由だよねーくらいの軽いノリでウェブ小説として投稿したわけですが。

これが思いのほかご好評いただきまして、数多くの読者様に読んでいただいたうえに、宣伝半分で「ポチッとな」した第七回カクヨムウェブ小説コンテストで、なんと特別賞をいただいてしまいました。

正直、自分が一番驚いております。そしてちょっぴり後悔も。

こんなことなら、どこに出しても恥ずかしくない立派なペンネームにすればよかった。

――まあそれはともかく、この作品はそんな「自分が読みたい」で書いた小説なので。

わたくしと同じような趣味嗜好《しこう》を持った読者様が、通勤通学途中にでも読んでいただき、ほんの少しでもクスリとして疲れを癒やしていただけたなら、それに勝る喜びなどないと申せますでしょう。

当作品が本になるまでには、当然ながら数多くの皆様のご助力が必要不可欠でした。

ウェブ版を読んで評価・コメントをくださった読者の皆様、編集のM様、超かわいいイラストをいただいたなたーしゃ様をはじめ、当作品に関わってくださった全ての皆様。

そしてなにより、この本を手に取っていただいた読者様。

皆様に、心よりの感謝を申し上げます。

お便りはこちらまで

〒一〇二－八一七七
ファンタジア文庫編集部気付
ラマンおいどん（様）宛
なたーしゃ（様）宛

富士見ファンタジア文庫

妹《いもうと》が女《おんな》騎《き》士《し》学園《がくえん》に入学《にゅうがく》したらなぜか救国《きゅうこく》の英雄《えいゆう》になりました。ぼくが。

令和４年９月20日　初版発行
令和４年10月15日　再版発行

著者――ラマンおいどん

発行者――青柳昌行

発　行――株式会社KADOKAWA
〒102-8177
東京都千代田区富士見2-13-3
0570-002-301（ナビダイヤル）

印刷所――株式会社暁印刷

製本所――本間製本株式会社

ISBN978-4-04-074731-6 C0193　◇◇◇

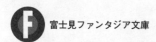

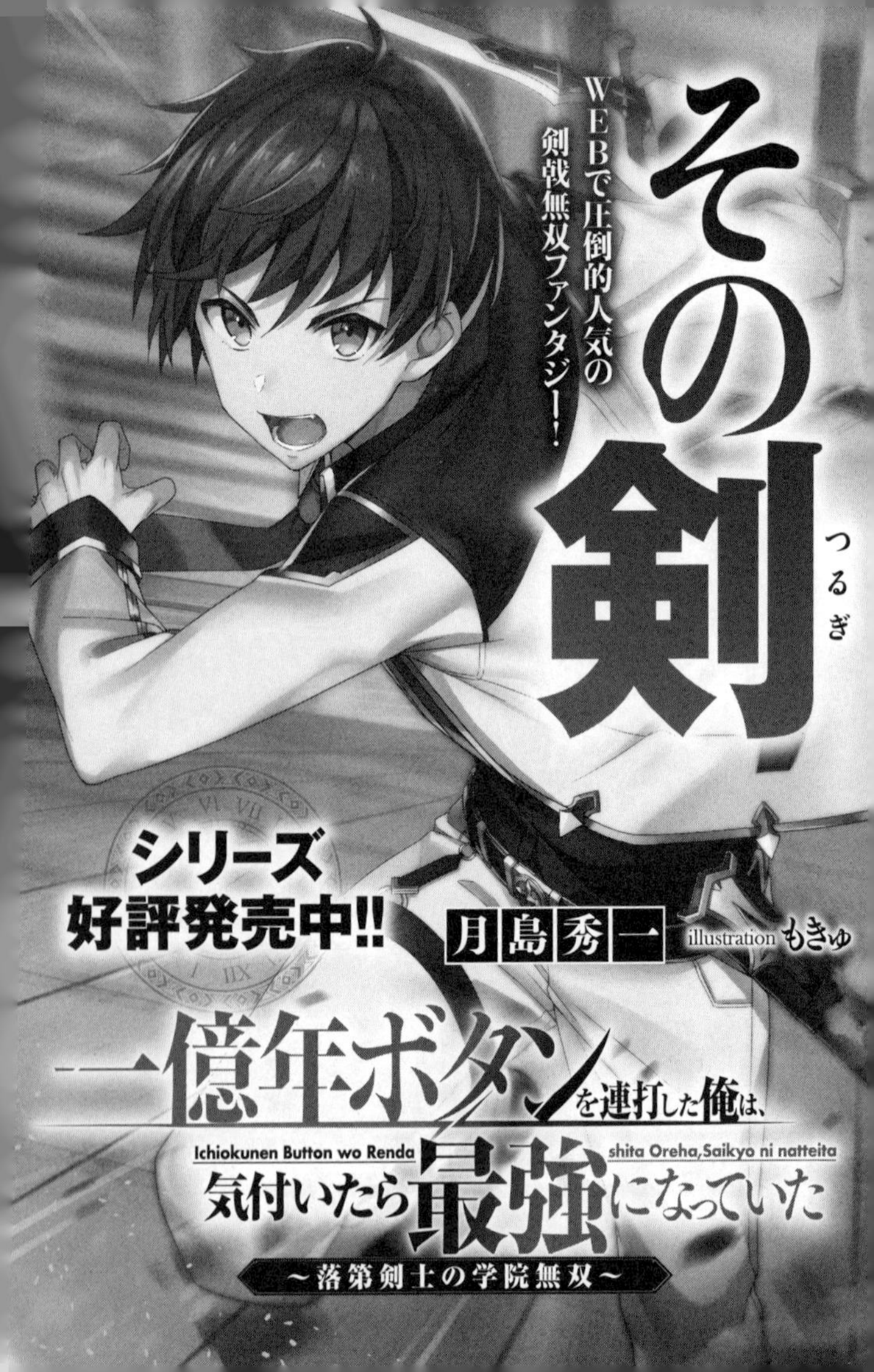
その剣《つるぎ》
WEBで圧倒的人気の剣戟無双ファンタジー!!
シリーズ好評発売中!!
月島秀一
illustration もきゅ
一億年ボタンを連打した俺は、気付いたら最強になっていた
Ichiokunen Button wo Renda shita Oreha,Saikyo ni natteita
～落第剣士の学院無双～

STORY

周囲から『落第剣士』と蔑まれる少年アレン。彼はある日、剣術学院退学を賭けて同級生の天才剣士と決闘することになってしまう。勝ち目のない戦いに絶望する中、偶然アレンが手にしたのは『一億年ボタン』。それは「押せば一億年間、時の世界へ囚われる」呪われたボタンだった!?　しかし、それを逆手に取った彼は一億年ボタンを連打し、十数億年もの修業の果て、極限の剣技を身に付けていき――。最強の力を手にした落第剣士は今、世界へその名を轟かせる!

ファンタジア文庫

ティナ
四大公爵家のひとつ、ハワード家に生まれた公女殿下。なぜか誰でも扱える程度の魔法すら使うことができない。
変えるはじめましょう
アレン
公爵令嬢ティナの家庭教師を務めることになった青年。魔法の知識・制御にかけては他の追随を許さない圧倒的な実力の持ち主。
発売中!

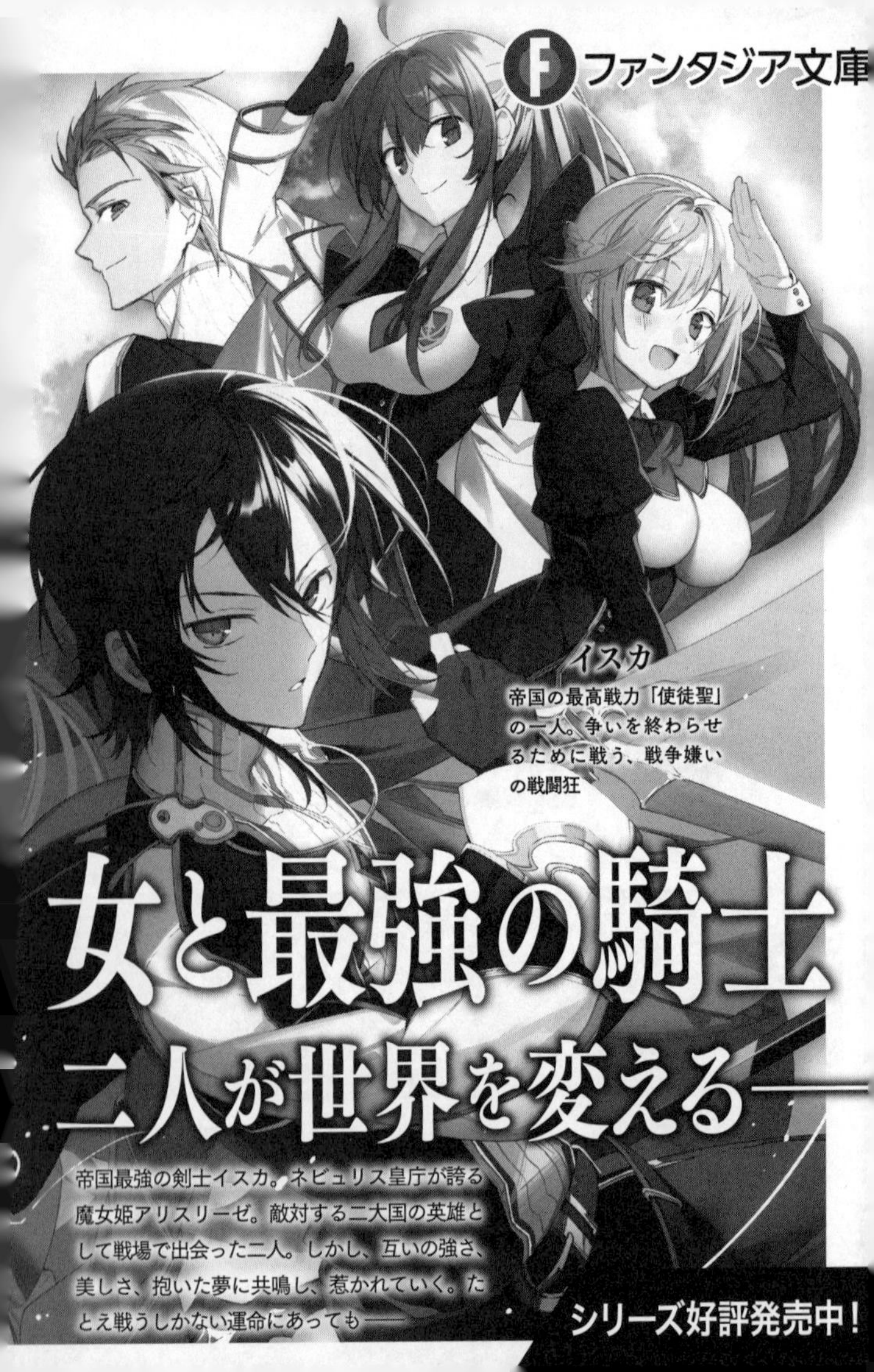
ファンタジア文庫
イスカ
帝国の最高戦力「使徒聖」の一人。争いを終わらせるために戦う、戦争嫌いの戦闘狂
女と最強の騎士
二人が世界を変える――
帝国最強の剣士イスカ。ネビュリス皇庁が誇る魔女姫アリスリーゼ。敵対する二大国の英雄として戦場で出会った二人。しかし、互いの強さ、美しさ、抱いた夢に共鳴し、惹かれていく。たとえ戦うしかない運命にあっても――
シリーズ好評発売中！

細音啓が紡ぐ新たなるヒロイックファンタジー
細音啓
イラスト
猫鍋蒼
キミと僕の最後の戦場、あるいは世界が始まる聖戦
the War ends the world / raises the world
アリスリーゼ
帝国と対立しているネビュリス皇庁の第２王女で強力な氷の星霊を使う「氷禍の魔女」
至高の魔
敵対する

これは世界を救う

久遠崎彩禍。三〇〇時間に一度、滅亡の危機を迎える世界を救い続けてきた最強の魔女。そして――玖珂無色に身体と力を引き継ぎ、死んでしまった初恋の少女。

無色は彩禍として誰にもバレないよう学園に通うことになるのだが……油断すると男性に戻ってしまうため、女性からのキスが必要不可欠で!?

シン世代ボーイ・ミーツ・ガール!

王様のプロポーズ 1

King Propose

橘公司
Koushi Tachibana

［イラスト］――つなこ

最強の初恋
シリーズ
好評発売中!
ファンタジア文庫

天上優夜《てんじょうゆうや》
異世界で
レベルアップした結果、
最強の身体能力を
手に入れた少年
この少年
すべてが
シリーズ好評発売中！

チートすぎる

I got a cheat ability in a different world, and
became extraordinary even in the real world.

異世界でチート能力《スキル》を手にした俺は、現実世界をも無双する

～レベルアップは人生を変えた～

著：美紅
イラスト：桑島黎音

幼い頃から酷い虐めを受けてきた少年が開いたのは『異世界への扉』だった！ 初めて異世界を訪れた者として、チート級の能力を手にした彼は、レベルアップを重ね……最強の身体能力を持った完全無欠な少年へと生まれ変わった！ 彼は、2つの世界を行き来できる扉を通して、現実世界にも旋風を巻き起こし――!? 異世界×現実世界。レベルアップした少年は2つの世界を無双する！

ファンタジア文庫

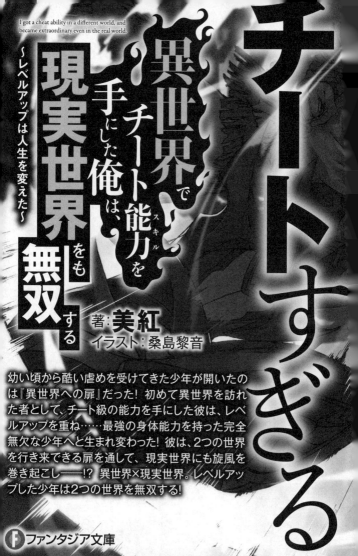